熱狗村
隨時隨地輕鬆吃

是我！

MSG
Ministry of Spy Group

機密任務3

代號V，用愛的料理決戰吧！

姜景琇 著
簡郁璇 譯

獻給光芒四射的女生探員

在英、是荷、詩妍、敏珠、尹書、恩彩、聖尹、妍書

你是誰？
幹麼
這麼吃驚！

目次

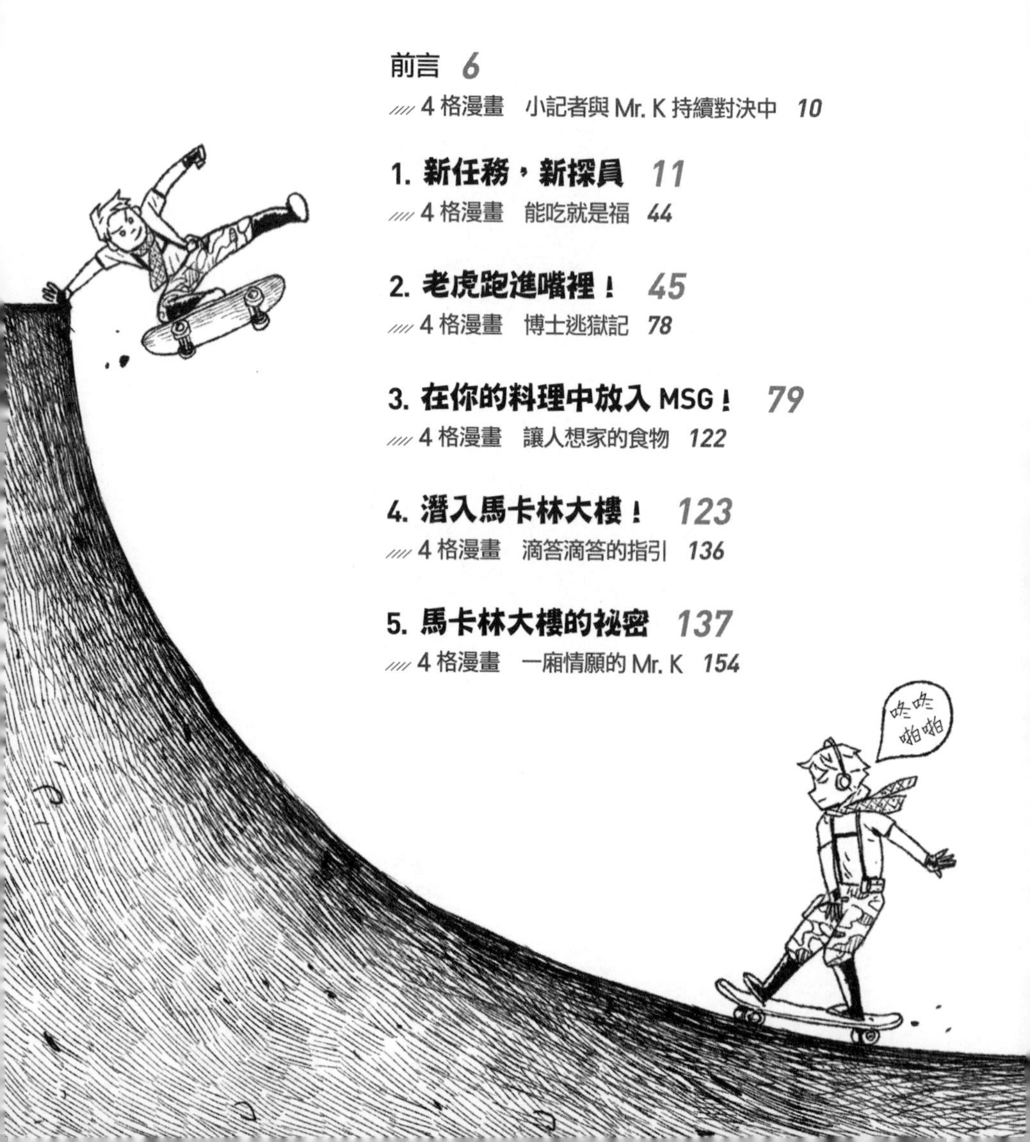

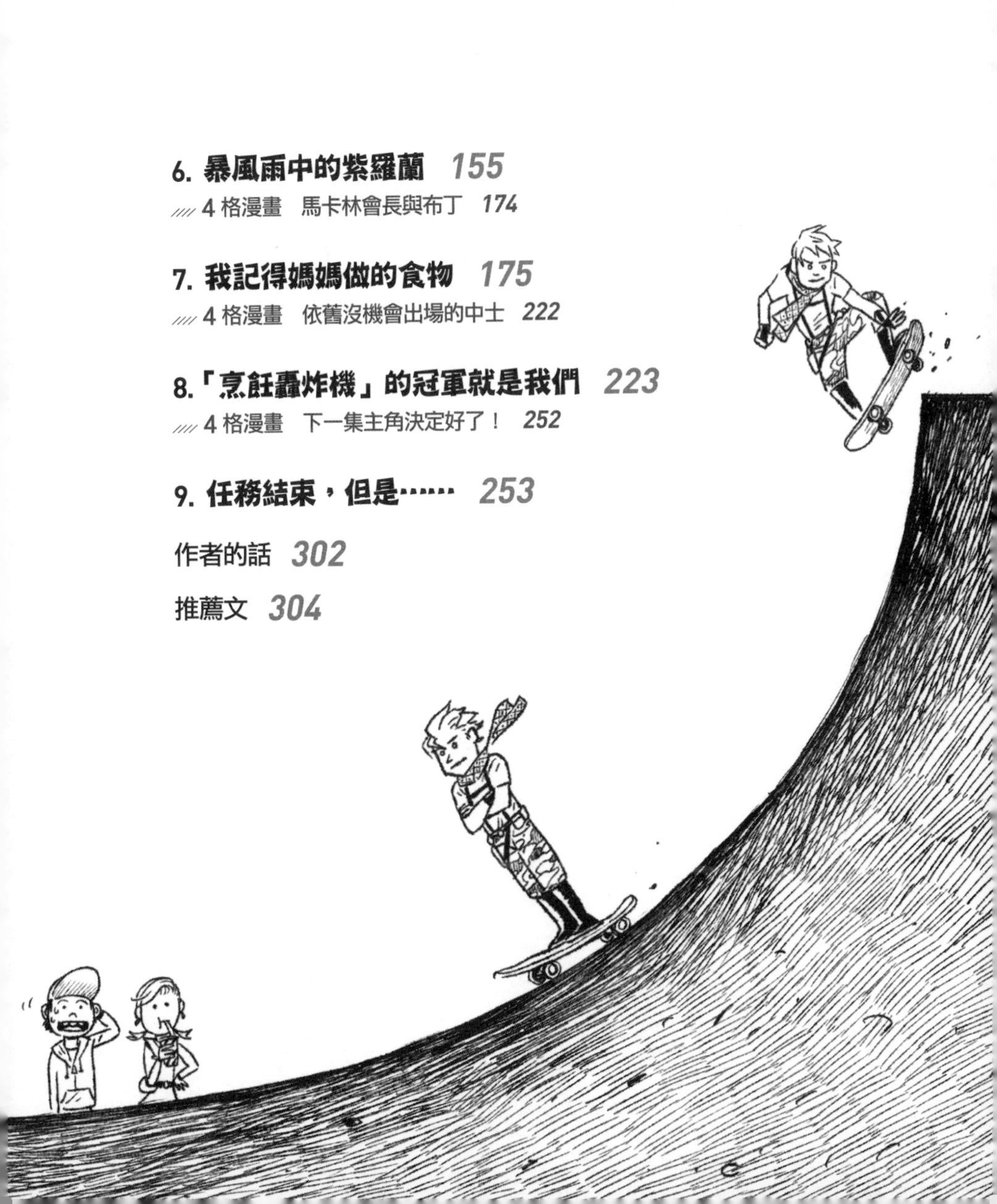

前言

一名個子矮小的老頭子站在我們面前。

「他」，就是馬卡林會長。

馬卡林會長對站在兩旁的手下下達命令。

我的腦袋一片空白，忍不住懷疑——我到底為什麼要從 2021 年跑到 1991 年來吃這種苦頭呢？

我望著被稱為「紫羅蘭」的媽媽……

就連 MSG 情報局的首席探員紫羅蘭都掩飾不住臉上的驚慌，表示這下真的不妙了。

好，看起來有必要重新整理一下現況。

聽好囉，我的名字是姜小藍。

我是不小心從 2021 年來到「過去」的十一歲平凡小男生。還有，雖然我也不懂為什麼，不過我成了世界最大情報局 MSG 的情報員。

接著，我在這裡度過了一年。

「情報員」聽起來很酷，但危險也如影隨形，所以此時此刻這些子彈才會朝我飛來。

現在，把故事倒回到我們剛開始追蹤馬卡林會長的時候，也就是在那些子彈朝我們逼近之前。

小記者與Mr. K持續對決中

大家好嗎？我是小記者在英。我的工作就是負責追蹤不負責任的作家Mr.K，快來看我這次發現了什麼。

1. 新任務，新探員

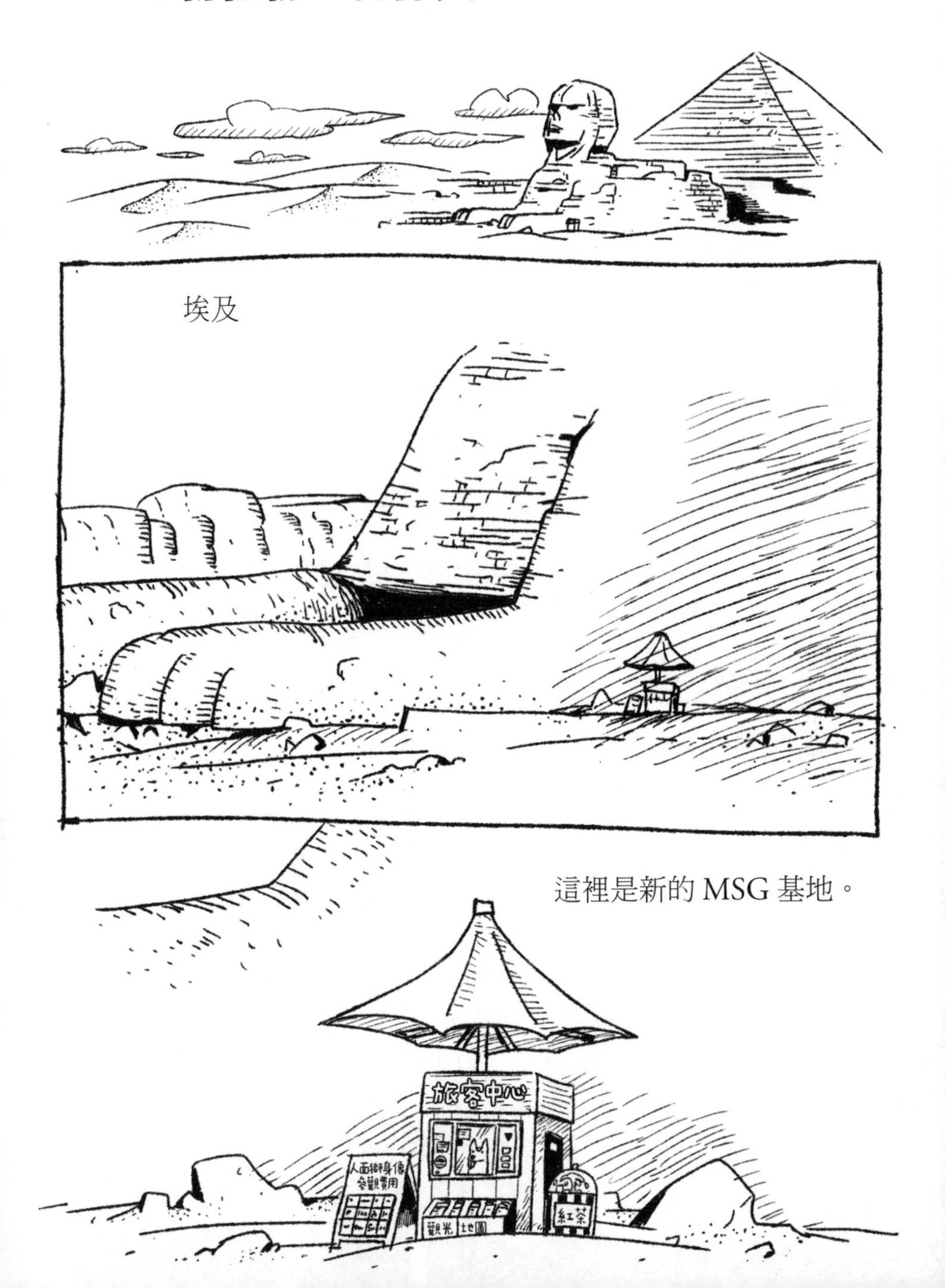

MSG埃及基地
MSG
Ministry of Spy Group
MSG
機棚
第一宿
膽量訓練
鬼屋
入口
無重力房間

烤牛肉
湯
各種自助菜色
MSG
公司餐廳
全員
到齊了嗎？
轉身
鬥牛犬局長
世界情報局MSG首腦，
從三歲開始就橫掃戰場，
是情報局的傳說，
單戀貴賓狗小姐。

沒錯，我們捨棄了在烈焰怪博士的攻擊下毀於一旦的 MSG 總部，搬到了新的金字塔裡——準確來說，是搬到了人面獅身像旁邊的新祕密總部。

根據可靠情報，世界各國還有好幾個這種祕密基地。我們和鬥牛犬局長正在開會討論新任務。

我的右邊是紫羅蘭，

我的左邊是紫羅蘭的哥哥「天狼星 K」！

你在偷瞄什麼？
毛頭小子！
呃啊啊
全身觸電
給我
安靜！
怒
吼
你不知道
現在情況
急急嗎？
局長叫你
安靜啦。
嘿
嘿
咬牙

鬥牛犬局長要所有探員集中精神，並請自己的祕書兼愛慕對象「貴賓狗小姐」致詞。

「但是」？為什麼說「但是」？我只要聽到這兩個字，就莫名感到害怕。

總之，貴賓狗小姐繼續說了下去。

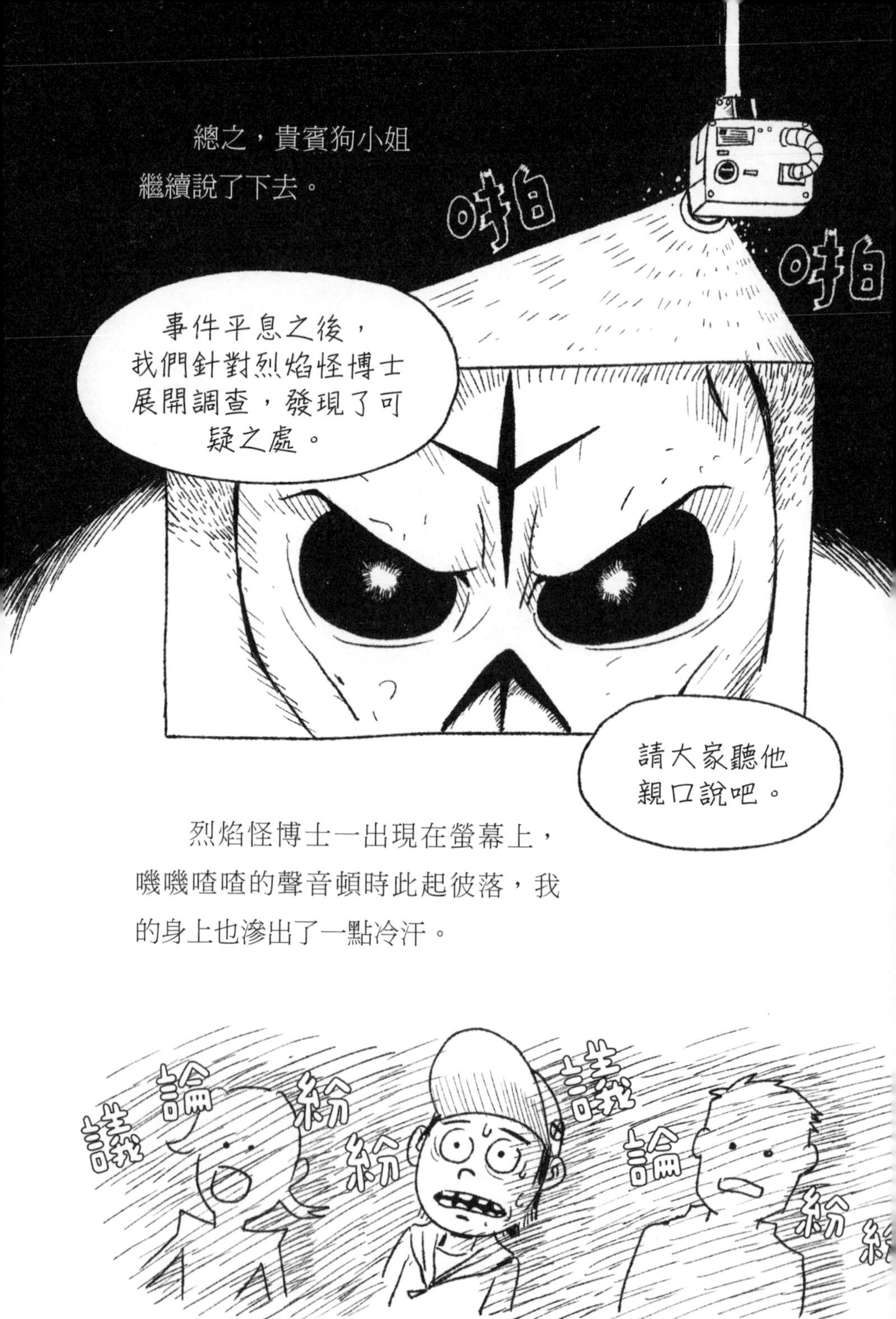

烈焰怪博士一出現在螢幕上，嘰嘰喳喳的聲音頓時此起彼落，我的身上也滲出了一點冷汗。

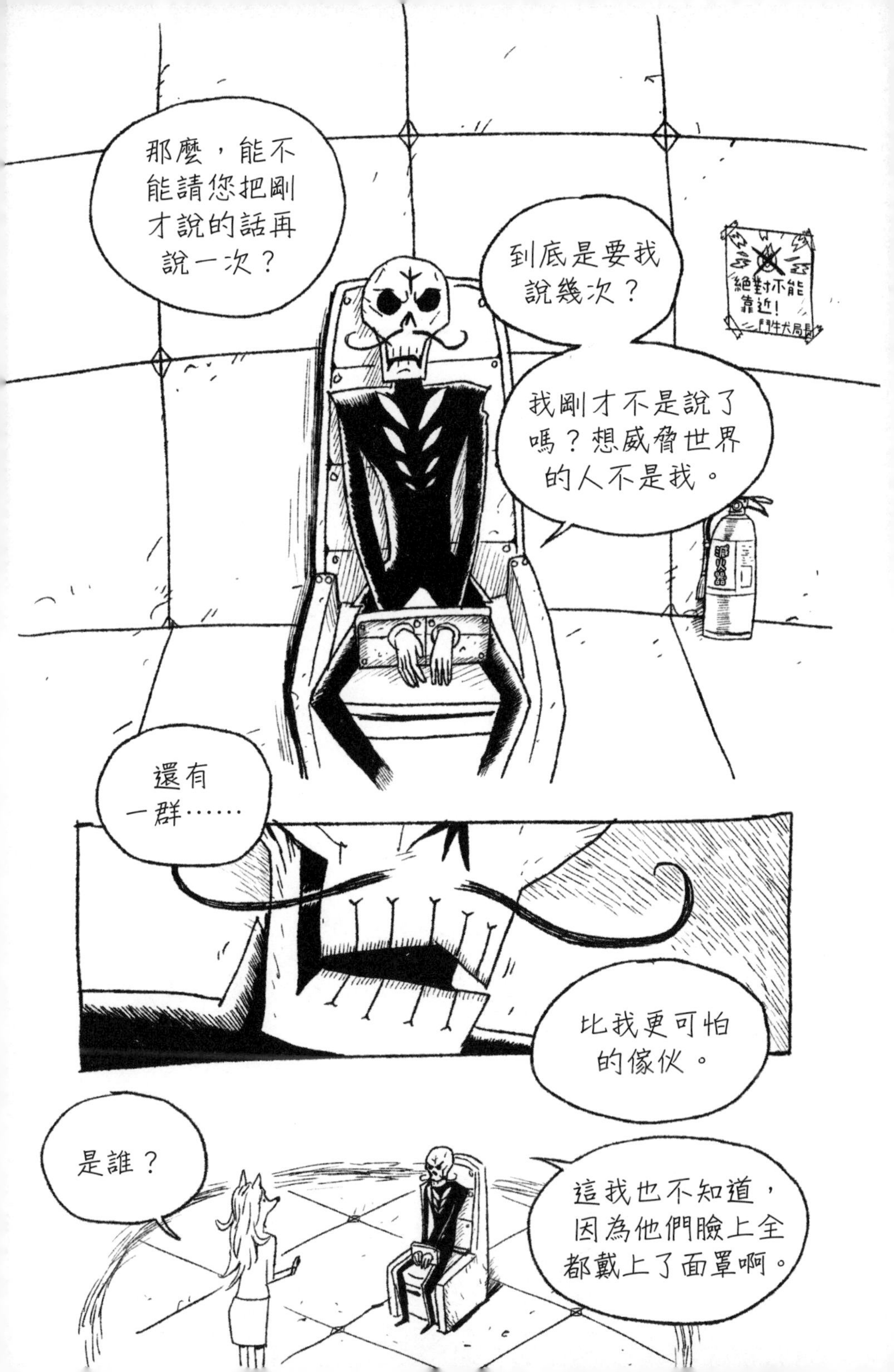

那麼，能不能請您把剛才說的話再說一次？
到底是要我說幾次？
絕對不能靠近！
我剛才不是說了嗎？想威脅世界的人不是我。
還有一群……
比我更可怕的傢伙。
是誰？
這我也不知道，因為他們臉上全都戴上了面罩啊。

「除了金錢和死亡之星，他們還提供了各種武器給我，原因就是……哼！你們知道這些可以幹麼？反正就是想引起世界的混亂之類的。」

注視畫面的 MSG 探員，個個口乾舌燥的吞了吞口水。

這是什麼意思？有一群比烈焰怪博士更可怕的傢伙？

烈焰怪博士的證詞到此結束，螢幕被關閉了。

我悄悄的問坐在旁邊的紫羅蘭。

MSG已經對馬卡林會長展開了調查，世界首屈一指的情報局，果然不是浪得虛名。

畫面上出現的是一位滿臉皺紋的老爺爺，怎麼看都不像個壞蛋。

尤其是那些和料理有關的情報很奇怪，特別引人注目。

「現在有個絕佳的機會可以調查這個謎樣的馬卡林會長。」

鬥牛犬局長指著我說。

「根據我們的情報，他是個大老饕，也是位美食家，所以新任務就是——參加他每年舉辦的料理大賽。」

鬥牛犬局長很
激動的繼續說：
怒吼
為了調查馬卡林
會長，揭開他的
陰謀，
因此要參加身
兼老饕與美食
家的他所舉辦
的料理大賽！
轉
我
轉
轉
這次的
作戰代號是
「健康廚房」！
還有……
嗯哼

這次作戰會採「雙頭」並行。
馬卡林會長的料理大賽由紫羅蘭……
不，機密代號V和機密代號X負責
「偽裝A組」；「潛入B組」則負責把放在
馬卡林會長辦公室的祕密情報弄到手。
B組就由……
睜大眼睛
15

機密代號B！
呵呵呵
主角登場！
機密代號 B
潛入與搗亂的專家，
走自由奔放的龐克風，
持有在各種情況使用的噴霧，
是紫羅蘭的死對頭。

☆ 機密代號 Q
蒙面情報員，
誰也不知道關於他
的事情。
機密代號Q！
哼！
偏偏要和
那丫頭一
起作戰！
唉唷！

貴賓狗小姐補充了這次作戰的細節。
鳥獸散
喂，我們走吧！
又是那傢伙！
有個情報供你們參考：如果料理大賽沒什麼看頭，馬卡林會長就會直接離席走人。
A組的紫羅蘭和姜小藍必須表現得夠出色，潛入B組才能順利完成作戰計畫。
哼！
哼！

她們兩個認識很久了嗎？

雖然兩人互相打了招呼，卻有種針鋒相對的感覺。

俗氣的
髮型、
醜陋的
制服、
手上佩戴
尖尖的手環，
你該不會
到現在都還在
聽吵死人的搖
滾樂吧？
什麼?!
竟敢侮辱
我的吉他！
哎唷？
旁邊那小鬼
是誰？
跟你真
是天生
一對。
我可是
打倒烈焰怪博士
的人耶！

「是啊，我的確沒什麼改變，還是老樣子。說到老樣子，我倒是想起了一些事。那次是在利比亞吧？」

聽到紫羅蘭的話後，機密代號 B 氣得直發抖，同時大叫：

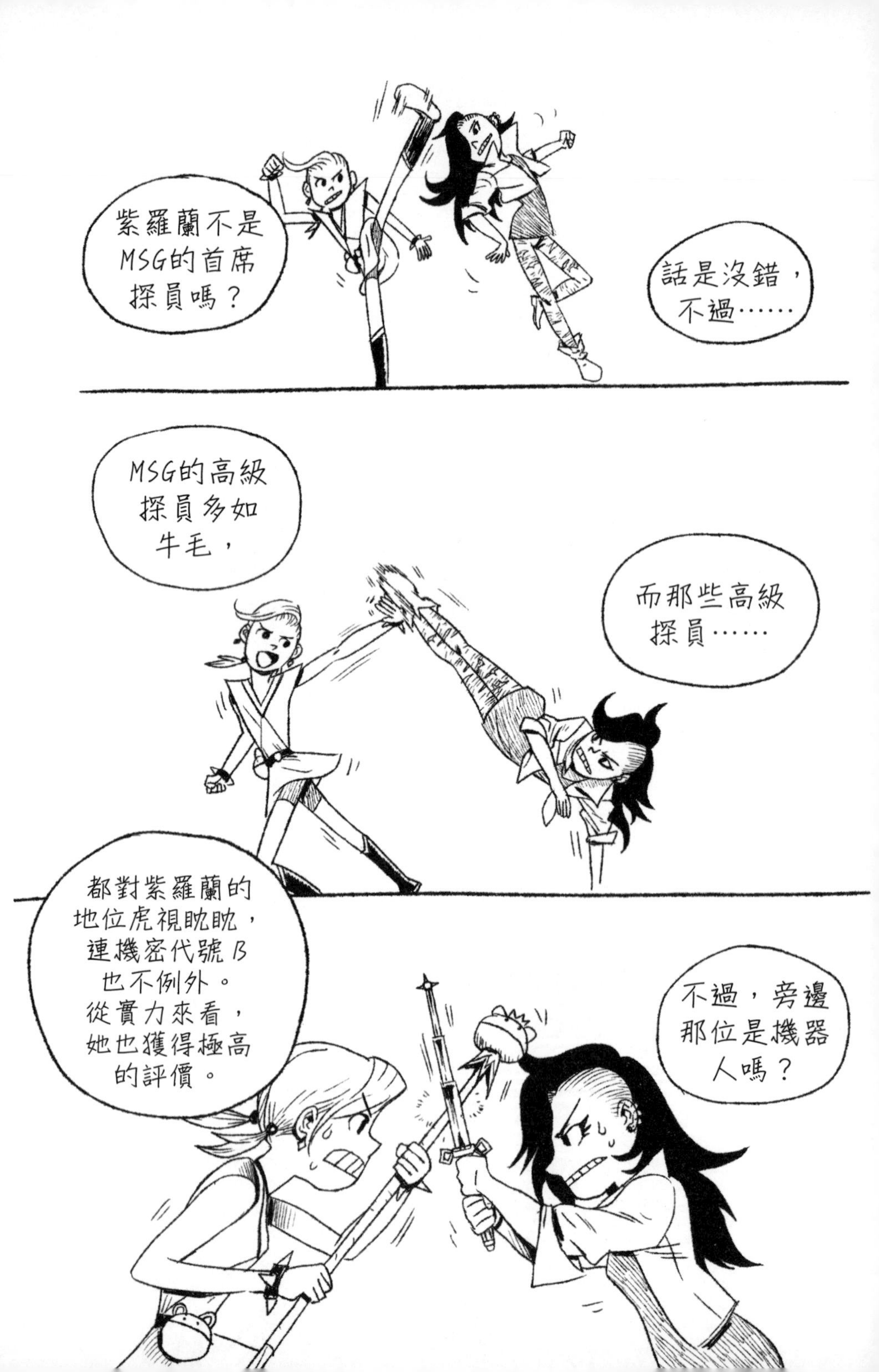
紫羅蘭不是MSG的首席探員嗎？
話是沒錯，不過……
MSG的高級探員多如牛毛，
而那些高級探員……
都對紫羅蘭的地位虎視眈眈，連機密代號B也不例外。從實力來看，她也獲得極高的評價。
不過，旁邊那位是機器人嗎？

抓
抓
住手！
這次任務十分注重團隊合作，偽裝組和潛入組必須互相合作，
解說到此為止，開始作戰吧。

沒錯，又有新任務了。

我們「偽裝A組」的任務，就是讓馬卡林會長一直留在料理大賽的現場；而「潛入B組」就趁這時候進入馬卡林會長的辦公室，把祕密情報弄到手！

這不就等於鯛魚燒沒有包紅豆餡嗎？

「別擔心，比賽中我會和貴賓狗小姐連線，向她學習做菜。貴賓狗小姐可是擁有足足四張料理證書呢。」

紫羅蘭試圖說這些話讓我安心。

我們把在遠處發牢騷的 R 拋在後頭，就出發去執行任務了。

我們在開作戰會議的同時，一個陰險的計畫就像瑞可塔起司的味道般，正在馬卡林會長的辦公室中瀰漫開來。

我熱愛這場料理大賽！人們並不了解，「吃」在人生中是多麼大的樂趣。

躲在黑色面罩後頭操縱世界固然重要，但也應該對小事知福惜福。

布丁真好吃

這種喜悅只有少數幾個天選之人才能擁有，多數人並不了解，呼呼。

都已經這時間了。
鈴鈴鈴鈴
是的。
我是馬卡林。
是的！
身體
挺直
好的。
我明白了，我了解博士您說的話。
嘻
嘻
我會多花點心思，請您別擔心。
我們的小鳥這次提供了寶貴的情報，哈哈哈。

是「那位」嗎？
喀
呼呼呼，是啊。
噗
噗
嚕
熱狗村
隨時隨地 輕鬆吃
熱狗村
MSG
聽說這次料理大賽有很大咖的貴賓參加。
哇哈哈哈

我們帶上各種裝備，搭乘 MSG 的專用車「Blue Star」抵達馬卡林大樓前面。

貴賓狗小姐和 R 留在車上，負責下達作戰指示。

熱狗
紫羅蘭，祝你們順利，小心別讓無線電斷訊喔。

小鬼，別把事情搞砸！
嗶
嗶

我們將車上的兩人拋在後頭，
走向馬卡林大樓。
走吧！小藍探員。
OK！

4格漫畫

CINEMA
02
TAKE
005

能吃就是福

好吃就「零卡路里」。
呵呵

好吃就「零卡路里」。
嘿嘿

好吃就「零卡路里」。
啊姆

小胖，這句話由你來說怪怪的。
皺眉
你說啥？
大嚼
特嚼

能吃就是福
吸

2. 老虎跑進嘴裡！

我和紫羅蘭通過安全檢查後，順利抵達大廳，其他廚師也都在等待著。看到他們個個神情肅穆，就可以知道這場大賽有多重要。只要在這場大賽取得冠軍，就能得到獎狀和 1,000,000,000 元的鉅額獎金，從此揚名全世界。

大廳響起敲鑼聲，許多廚師都轉過頭。我們正在追蹤的謎樣人物就在那裡——馬卡林會長現身了。

馬卡林
會長！
好，
大賽開始之前，
我們有請
馬卡林會長……
來為
大家致詞。

各位親愛的廚師，
很榮幸能邀請大家齊聚一堂。
我們總抱持著這種疑問——
「料理是什麼？」
由於我們一直認為，
「料理」不只是填飽肚子的東西，
所以很自然的就會有這個疑問。
我們無法否認，
有時就是會被熱情、欲望，
還有無法克制的狂熱驅使。
是的，身為人類的我們，
不需要為這種欲望感到羞愧。
沒錯，料理就是人類的本性，
這是一場戰鬥，也是戰爭。

充滿滾燙熱氣的廚房猶如戰場，
在裡面辛苦流下汗水與淚水，
偶爾還會流血的各位就是戰士。
今天，就是各位體內的戰士之血
沸騰的日子！
什麼都無法阻止我們，
也不需要感到猶豫不決。
這個地方，將充滿對料理的熱情。
但願今日，
各位能使出渾身解數，
盡情展現自己
對料理的渴望！

就在這場
哇

「烹飪轟炸機」大賽!!
馬卡林太帥了！
馬卡林！
馬卡林！
怎……怎麼回事？
大家怎麼了？
哇喔
吼
啊
啊
啊
淚流不止……
YES!
馬卡林！

馬卡林會長的演說很感人。

有些人真的這麼想，可是有些人則是……

雖然大家的反應不一……

總之，「烹飪轟炸機」大賽正式開始了。

不過，這個名稱有點搞笑，叫什麼「烹飪轟炸機」啊？感覺就像什麼會爆炸的壓力鍋一樣。

烈焰怪博士提供的情報，真的正確嗎？

主持人宣布大賽開始之後，所有的廚師就忙碌準備料理。

紫羅蘭和我也不例外。

機密代號B和機密代號Q在對面建築物的屋頂上，準備潛入馬卡林大樓。

他們打算利用連接兩棟建築物的鋼索，潛入馬卡林會長的辦公室。

媽啊！
抓住
Q！
你真是的。
不，
不行，這樣我
會很為難。
抱歉了，Q。
MSG禁止辦公
室戀情。
……

這時，「烹飪轟炸機」大賽正如火如荼的進行著，廚師們都忙著證明自己在這段時間精進的實力。

這名少女，當然也不例外。

但是，為了延續米其林三星餐廳的家業，所以我選擇參加這場大賽。我要在這場比賽取得冠軍，然後正大光明的告訴父母，我想成為擊劍選手。

紫羅蘭和貴賓狗小姐取得聯繫後，接著大喊：

就在這時，貴賓狗小姐的聲音從耳機裡傳來……

什麼？現在是在開玩笑嗎？這些話聽起來就跟「賺錢、變成有錢人、投資股票、變成更有錢的人。」一樣嘛！

「我已經做了萬全準備，只要配合這首歌的節奏切菜，這樣你就會了。」

貴賓狗小姐隨即播放了「比吉斯」樂團的歌曲「Stayin' Alive」。

哇！雖然我沒聽過這種迪斯可風的音樂，但快速的節拍讓我的肩膀迅速擺動起來，開始配合節奏切菜。

聽到主持人的話後，所有廚師都變得手忙腳亂，在砧板上敲打肉片、放進鍋子油炸、剁蔬菜的聲音此起彼落。

我剛才說過，料理就像戰鬥，在限制時間內做出食物，是廚師的基本功。
飯！
呃，該怎麼辦？
抖
抖
抖
飯！
摔角社
我餓了！
假如有一群肚子餓的摔角社高中生湧進餐廳，你們怎麼辦？
如果連這種測驗都無法通過，就沒資格當廚師了。
我餓到發昏了！
嗶
嗯？
這輕快的聲音是？

第13組的少女廚師展現驚人手法！
砰
要放入燉排骨的肉塊，必須泡半小時以上的冷水去除血水，
砰
砰
但她為了節省時間，把肉放進裝水的鍋子裡，利用龍捲風來去除雜質！
真是前所未聞……
這個點子真是太有創意了！
就像媽媽……不對，就像紫羅蘭說的，「如果沒時間，擠出來就有了！」而且她也辦到了。

接著，她從小熊腰包中取出某樣東西……

激烈的料理時間結束，也停止計時了。

主持人拉開嗓門大喊：

可是，有一名可憐的廚師沒有完成料理。沒來得及灑芝麻的他，偷偷的拿起了芝麻粒罐子……

難道料理的世界是這麼殘忍無情嗎？料理不就是母親替子女準備的熱騰騰飯菜嗎？

主持人再次強調料理大賽的規則，也介紹了會針對我們完成的料理進行評價的評審。

「說起這位傳說主廚，他在十三歲時孑然一身來到首爾，一開始在中式餐廳的廚房裡工作，後來因為凌晨偷偷煮義大利麵而被趕出來，之後到義大利的波隆那栽種番茄時，因義大利料理而大開眼界。他就是鼎鼎大名的……」

金米其林
主廚！
登
咦？
那個叔叔……
他不是之前
見過的大叔嗎？
嘿！
各位廚師，
大家好。
評審
場

每位廚師都把自己做的食物擺在面前，一臉緊張的等待評論。

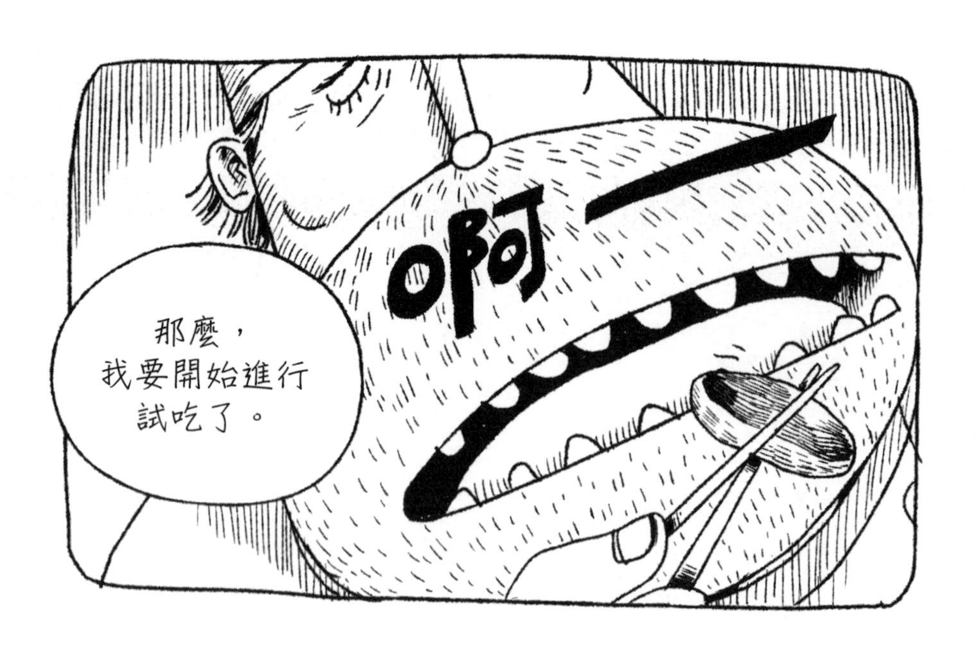

咀嚼
咀嚼
肉沒熟，淘汰。
錯愕
咀嚼
咀嚼
麵泡爛了，淘汰。
天啊
咀嚼
咀嚼
湯頭味道不對，淘汰。
這傢伙！

金米其林主廚終於來到我們的料理前面。

他稍微看了一眼燉排骨，接著抬起頭仔細看了看我們的臉。

「這……這味道？！

不油不膩，又被醬料充分包圍的肉塊，彷彿在祕密森林中誘惑著我。

不僅如此，火焰的味道也發揮得淋漓盡致，彷彿是婀娜多姿的阿拉伯女人在誘惑我的味蕾。

這味道！澈底卸下武裝的我，只能說出這句話——

那……那就是……」

讚啦！
哇
啊
啊
啊
啊
讚！
Bravo！

金米其林主廚的第一回合評審就這麼結束了，淘汰者和合格者兵分兩路。現在，料理對決朝第二回合邁進！

High Five～

紫羅蘭！辛苦你了。

小藍探員，你也是。

啪！

不過這個好像滿有趣的。

嘿咻 嘿咻

這個？

我是指料理，它隱約有種魅力，而且聽到別人說好吃，心情也很好，讓我充滿幹勁。

「假如我能夠過著平凡人生的話。」

不知道為什麼，「媽媽」在說最後一句話時，語氣聽起來有點失落。

4格漫畫

CINEMA
02 TAKE
005

博士逃獄記

MSG情報局，被關在地下監獄的烈焰怪博士。
他正在思考如何逃獄。

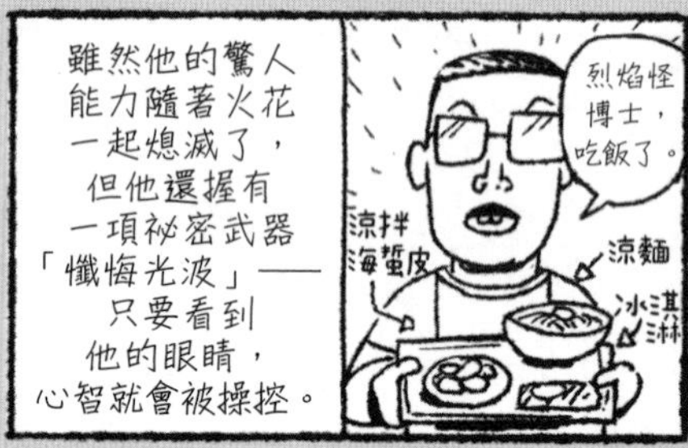
雖然他的驚人能力隨著火花一起熄滅了，但他還握有一項祕密武器「懺悔光波」──只要看到他的眼睛，心智就會被操控。
烈焰怪博士，吃飯了。
涼拌海蜇皮
涼麵
冰淇淋

發
終於來了，接招吧，懺悔光波！
射

你在做什麼？還不吃飯。
但這項超能力，對近視太深的MSG探員太雄並不管用。
手很痠耶
掉下巴

看不到

這下嚴重了！

3. 在你的料理中放入 MSG ！

「蝦丸，

擁有完美圓形的丸子，

不僅外表光滑，還具有Q彈口感與光澤。」

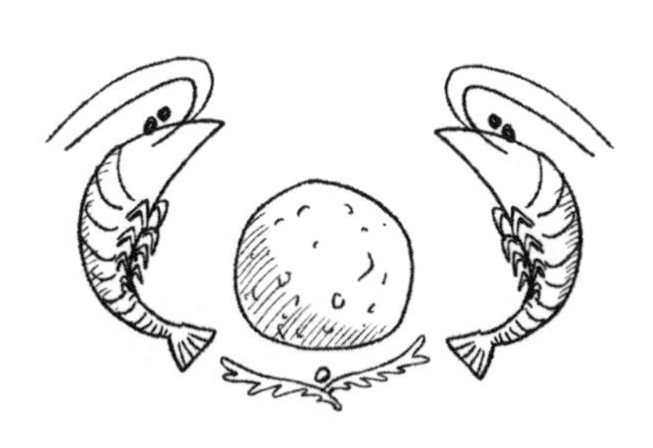

「這是我有始以來做出最完美的食物。」

「為了能夠東山再起，我選擇鑽研這道料理——蝦丸。為了製作蝦丸，我究竟付出了多少犧牲和努力？」

站在隔壁料理臺的奇怪叔叔，從剛才就一直對著蝦丸喃喃自語，但我們當然沒時間去理會他，因為我和紫羅蘭必須和貴賓狗小姐討論，制定下一個料理計畫。

「請別丟向我這邊。」

我很慎重的警告那位蝦丸大叔，打算繼續做我的事……

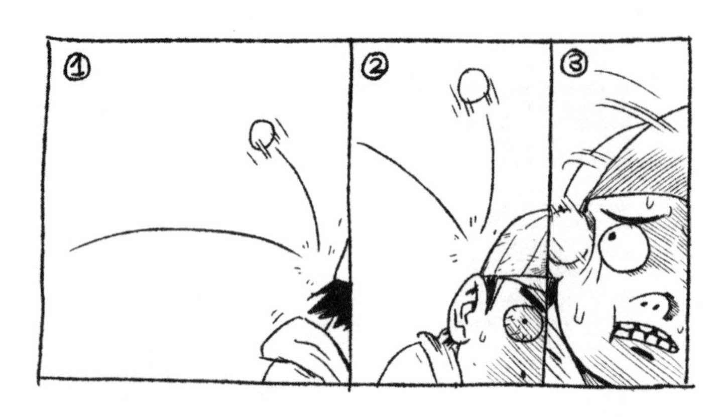

我警告
過你了！
我受不了了！
不要再把蝦丸
往這邊丟了！
敲擊
咻嗚！

咻
嗚……
嚇啊！
很有
氣勢嘛！
啪
啊
正合我意！

乒
乓
乒

「老劉主廚和第 13 組的姜小藍主廚，兩人竟用彈性絕佳的蝦丸展開乒乓球對決。這場意想不到的比賽，瞬間擄獲了其他主廚的視線。」

有個人在貴賓席觀賞這個場面，他就是馬卡林會長。

碎裂
嚇啊！
砰
我……
我的蝦丸，
我的夢想
穿透玻璃窗
消失了，
呃啊啊啊啊！
淚眼
汪汪
小藍，
別再玩了，
趕快去倉庫拿
食材給我。
喔。

在紫羅蘭的請託下，我跑到倉庫去找要料理的食材……

倉庫內部黑漆漆的，伸手不見五指，我只好邊摸索邊找路出去。

就在此時，我憑著探員的直覺，感覺到黑暗中有股涼颼颼的殺氣。

呃……是、
是怪物嗎？

「哎呀，是貓咪啊，這裡這麼冷，竟然會有貓咪。」

我抱起貓咪，把牠放在出口處，接著再次邁開步伐去找食材。

這時，我感覺到黑暗中有股涼颼颼的殺……

等等！我剛才就講過這句臺詞了。

呃啊！
這又是什麼？
呼
呼

轉頭一看，在後面盯著我的不是小貓，而是一隻巨無霸龍蝦，還活蹦亂跳的夾著牠的巨螯！

我不斷往後退，赫然發現地面上躺了好幾個頭上腫了大包、暈倒在地的廚師。

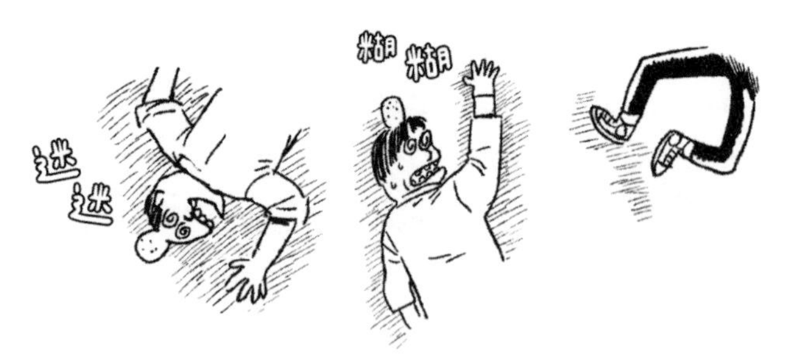

是那傢伙幹的好事嗎？

巨無霸龍蝦擺出威嚇的姿態，將一對巨螯高舉空中。

牠並不是為了回答老師的問題，也不是為了要過馬路……

而是為了攻擊我！

砰
砰
砰
搖擺
咻
喀喀
喀喀

龍蝦先生，
你再這樣，
我就
不客氣了。
碎
小藍！
在做什麼？
有找到食材嗎？
來吧！
你這
甲殼類！
碎

哇！太不可思議了，世界真是無奇不有！

你有聽說過龍蝦用巨螯拿起菜刀攻擊人類嗎？還是在情報局特務故事裡頭耶！

可是，這件事真的發生了。

就在我被拿著菜刀的龍蝦追趕時，R 在特務專用車 Blue Star 內聽到了我的慘叫。

可惡！R完全沒感受到我的情況有多危急，還用鼻子輕快的哼起歌曲。

我們一言為定後，R 才願意幫忙。

「好！小鬼，從現在開始，你就好好按照我的吩咐去做。竟然連這種事都要我來教你，身為天才的我真是太困擾了！」

「首先，你要在持刀的敵人面前表現出很強悍的樣子，證明你一點都不害怕！」

「像這樣？」

「還有，露出鄙視的眼神！」

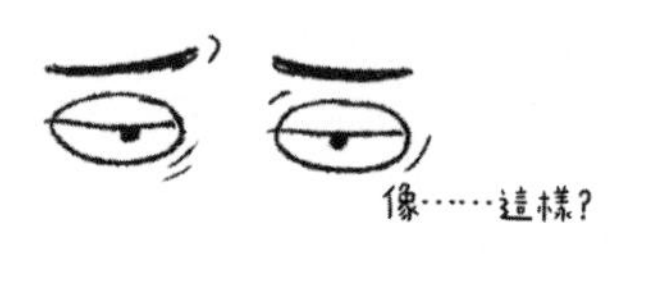

「雙手像蝴蝶一樣振翅，轉移敵人的注意力。」

「當敵人很激動的全速衝過來時……」

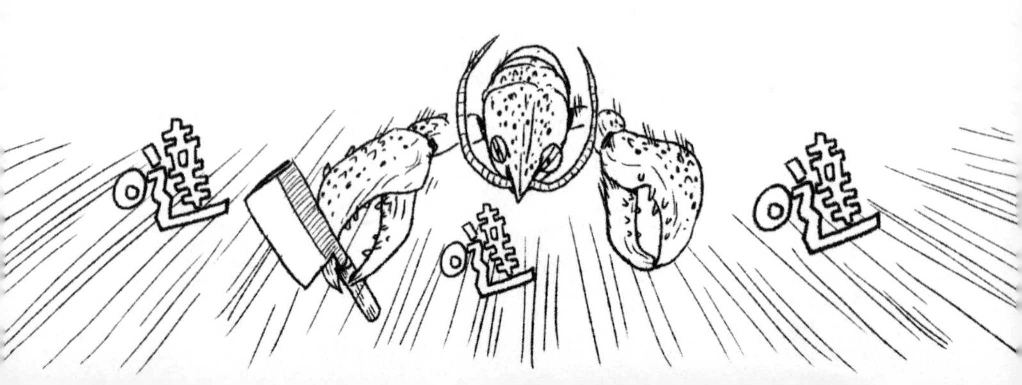

「反過來利用對方衝上來的速度，

稍微往旁邊閃躲……」

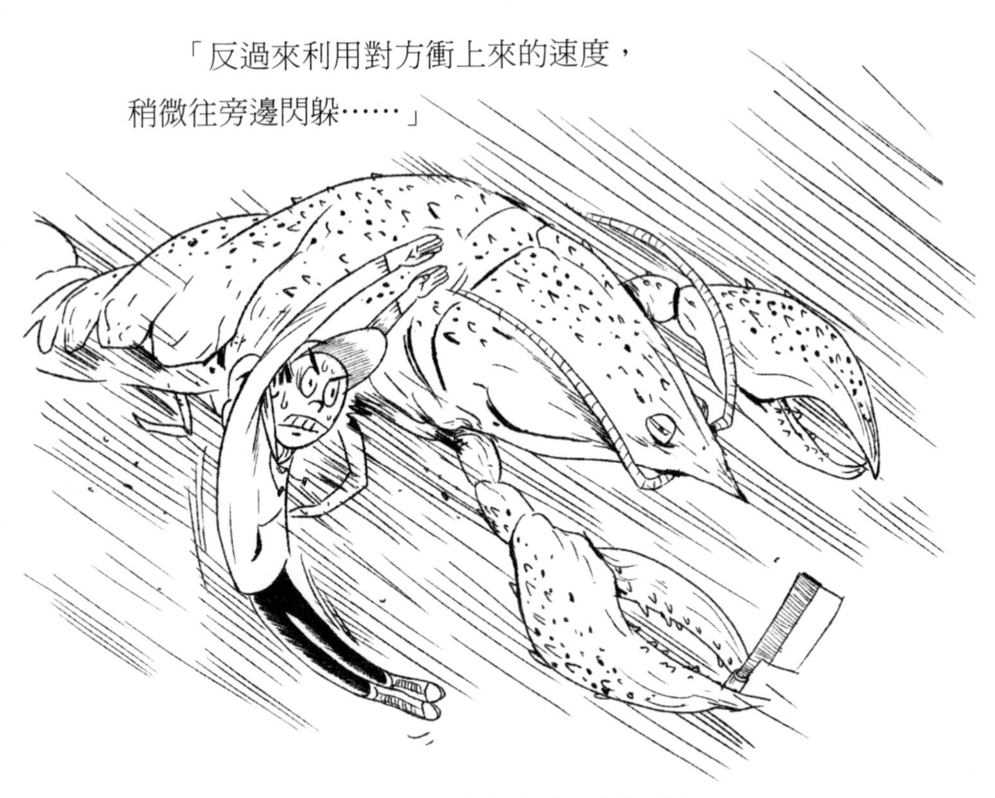

「接著，毫不留情的朝牠的側面踹下去。」

「最後，只要不斷教訓敵人，直到牠投降為止就行了。」

這次 R 真的幫了我一個大忙。進一步認識那個傢伙，才發現他其實也是個很出色的情報員。

總之，我制伏了那隻拿菜刀的龍蝦，也成功帶回了很棒的食材。

這又是怎麼一回事？

「也叫做『食材皇家大戰』，為了在有限時間內搶到更出色的食材，廚師們紛紛加入了這場戰爭。」

剛剛是馬卡林會長說的，還是金米其林主廚說的？他說：「料理是一場戰鬥，也是戰爭。」

現在看到擂臺上的廚師們，就明白那句話的意思。

我把龍蝦巨螯拋給紫羅蘭，然後跳上了擂臺。因為我也總不能一直看好戲嘛。

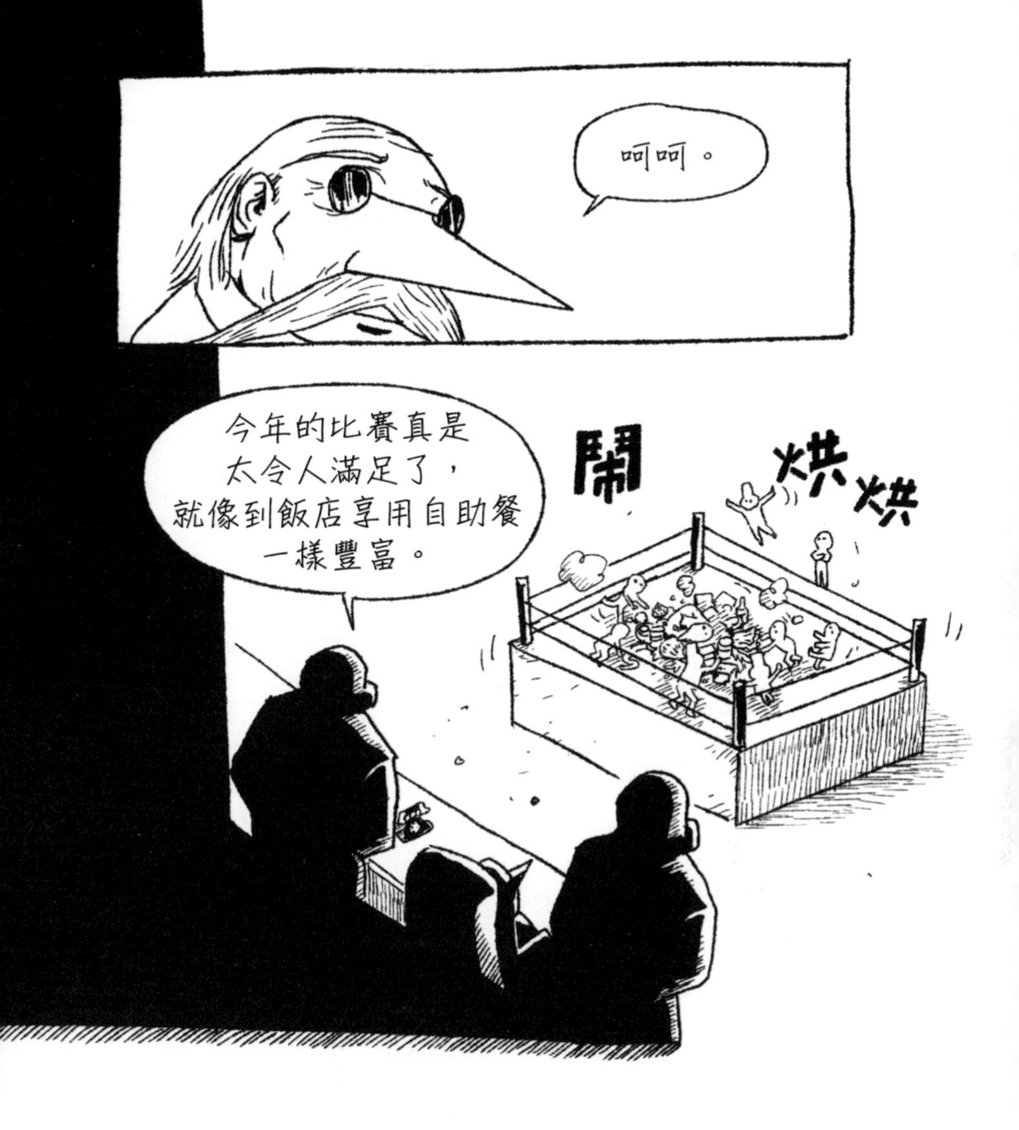
呵呵。
今年的比賽真是
太令人滿足了，
就像到飯店享用自助餐
一樣豐富。
鬧
烘烘

叮鈴鈴鈴

這時，有一通來電者不明的電話說要找會長。

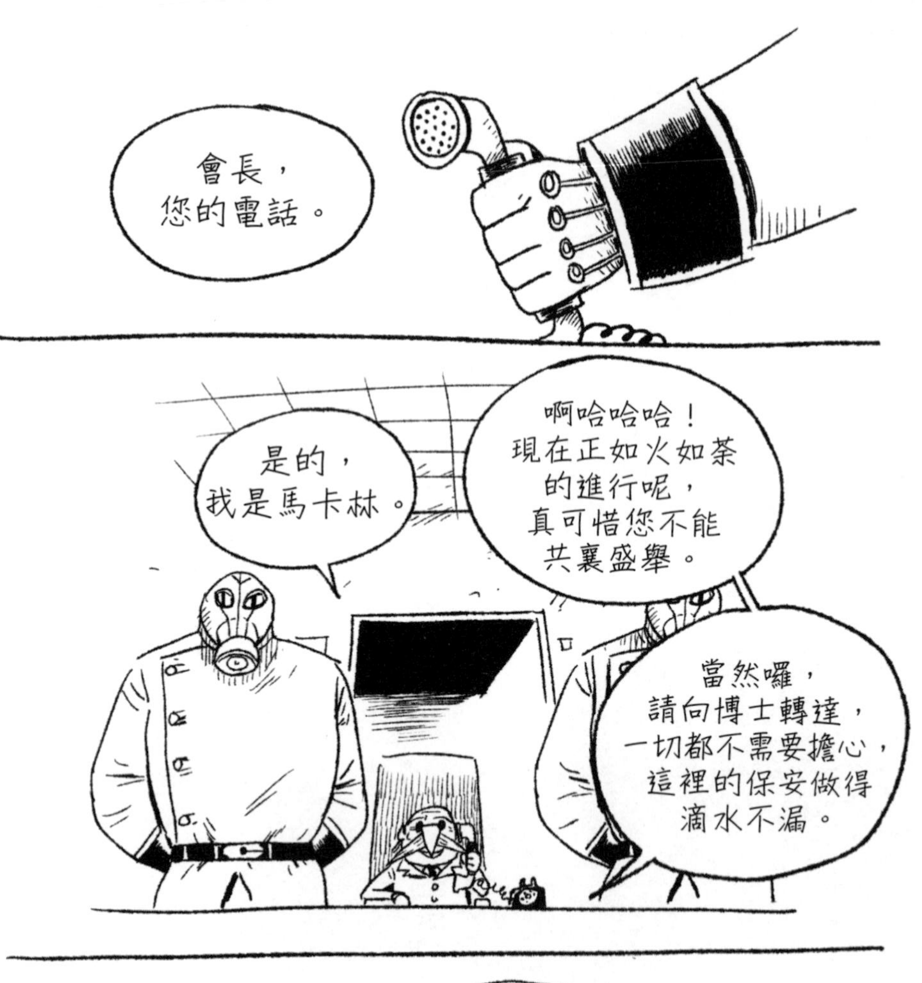

另一方面，擂臺上已經亂成一團，為了拿到最頂級的食材，廚師們個個爭得你死我活，現場激烈的程度達到了頂點。

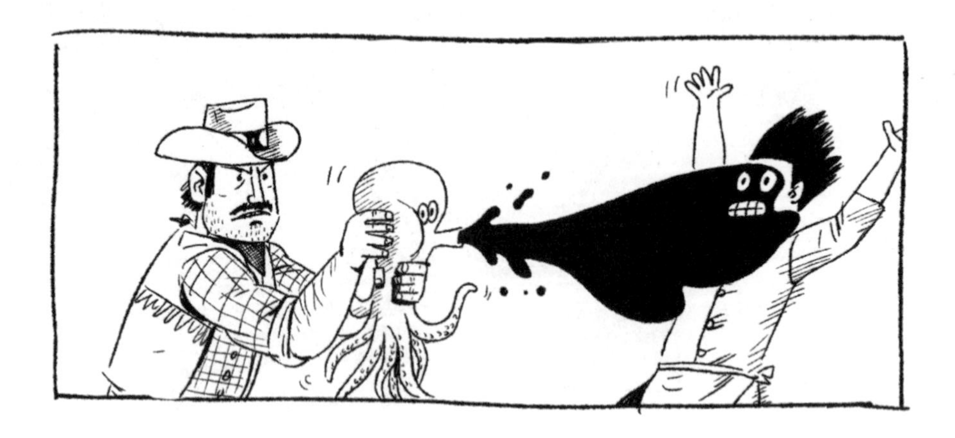

擂臺上只能用「慘絕人寰」來形容。

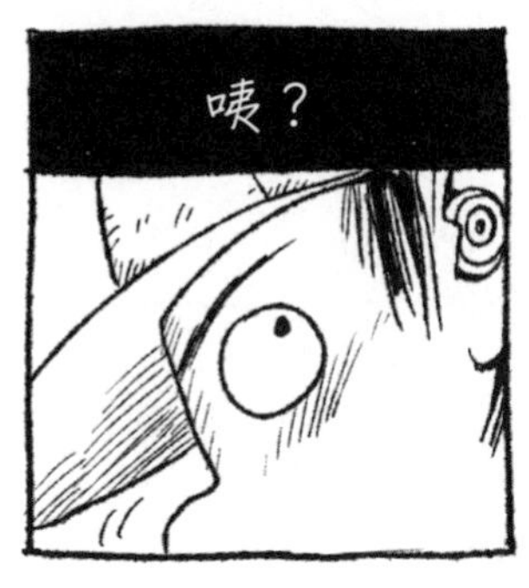

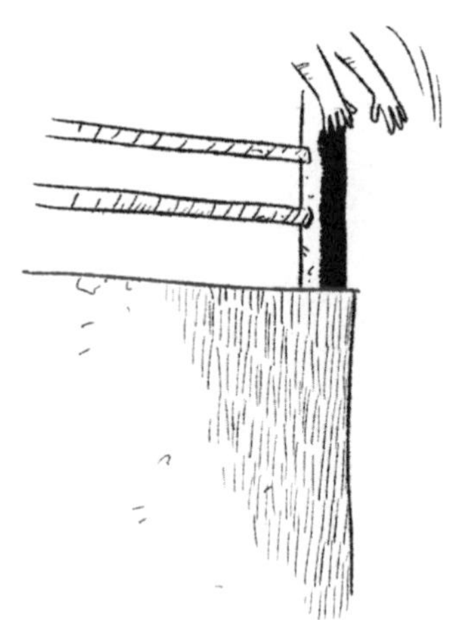

搞什麼？
為什麼把我
丟下來？
抓
住
我要再
爬上去！
第13組的
少年廚師
出局！
什麼
？！
按照食材皇家
大戰的規則，
只要掉到擂臺
外頭，就不能
再回到擂臺。
很遺憾。
驚
愕

什麼？怎麼會有這種規則？這又不是 WWE 那種職業摔角比賽。

這裡真的是料理大賽嗎？

我非但沒有把食材拿到手，還被淘汰了。

那……料理！我們的料理要怎麼完成？

「沒辦法了，只能用那個辦法。」

「那個辦法？」

經過深思熟慮，紫羅蘭決定使用「那個辦法」。

紫羅蘭一邊說要使用「那個辦法」，一邊將手伸進小熊腰包。

「對了，我記得那個罐子。」

這是作戰開始之前，史塔斯基博士偷偷拿給我們的東西。史塔斯基博士是 MSG 情報局的首席技術博士，負責開發各種情報武器。

紫羅蘭東張西望，接著朝龍蝦湯稍微撒了一點粉末。

奶油

叮—叮
00100
第二回合料理
對決結束！
各位主廚，
請將您的手移開。
大家
辛苦了，
停止
動作！
那麼，
接下來是金米
其林主廚的評
審時間。
呼嚕嚕
提心
吊膽

嗯。
讚啦！
喔耶！
評審
太驚人了！
第13組的少年和
少女廚師再度
辦到了！
成功了！
刷吉他

竟然發生這種奇蹟！

可是剛才那究竟是什麼，料理怎麼會變美味呢？

「放進那個罐子裝的東西之後，料理不是變美味了嗎？」

我向紫羅蘭詢問最後使用的料理妙招是什麼。

「喔，我也不清楚，那只是一個寫有我們情報局名稱的醬料罐。」

註：MSG 即味精，是一種食品添加劑。

4格漫畫

CINEMA
02 TAKE
005

讓人想家的食物

這裡是
緊張萬分的
「烹飪轟炸機」
現場！
哇啊啊啊啊
這次的
參賽者
是金奶奶！

奶奶突然
用炭火開始烤
鰆斑鯀！
搧扇子
哇！
好香。

啊！
這是誰？
嗚嗚
嗚
有個女人
邊擦眼淚
邊入場了！

太驚人了！
聞到金奶奶烤魚的香味後，
離家出走的媳婦回家了，
好感人的場面。
全場
嘩然
媽~
孩子啊~
圓滿的
結局！

呵呵
呵
媽，
烤魚真下飯啊
但我不太開心

4. 潛入馬卡林大樓！

在馬卡林大樓的一樓，我和紫羅蘭參加的料理大賽正如火如荼的進行著，但在馬卡林大樓的上方，機密代號 B 和機密代號 Q 正準備進入大樓內部。貴賓狗小姐將潛入 B 組的狀況同步告訴我們。

Q！這是信號啊！沒看過電影嗎？
就是從這裡潛入的意思。
點頭
點頭
砰
砰

呼
呼
……
碎石掉落
Q，我們的確是要闖進去，但我的意思是要偷偷的、安靜的進去。
不用比了！
比手畫腳

雖然引起轟然巨響，但機密代號 B 和機密代號 Q 成功的進入了馬卡林大樓。

兩名探員也按部就班的開始執行任務。

走吧 Q！

「讓我們給予通過第一、第二回合的廚師熱烈的掌聲與喝采。好！第三回合料理對決即將開始，但這一回合也同樣不簡單！」

「沒錯，食材請自理，主辦單位不提供任何材料，請各自尋找食材進行烹調。今年『烹飪轟炸機』的優勝者究竟會是誰，真令人好奇呢！」

「什麼？」

天啊，花樣還真多，先是和拿菜刀的龍蝦打架、用蝦丸打桌球，又加入食材皇家大戰這種奇怪的戰局，現在竟然連食材都沒有？

我和紫羅蘭差一點就要陷入恐慌了。

不過，旁邊料理臺的廚師卻各自拿出什麼，放在砧板上。

另一邊的料理臺，
與人同高的山蔘。
高舉
亮相
特地從蒙古運來的山羊後腿。
驚！
嗒！
嗒！
驚！
我……
我們……

每個料理臺上都堆滿了每位主廚事先準備好的珍貴食材，大家都一副司空見慣的樣子。

我看了一眼 MSG 情報局的首席探員，同時也是少女時期的媽媽——紫羅蘭。因為我認為，紫羅蘭一定有什麼好辦法。

小藍探員！
你在這裡準備料理！
我去找頂級食材回來！
不能
半途而廢！
我們的目標
是冠軍！
料理是戰鬥，
也是戰爭！
突然講什麼
冠軍？
你忘啦，
我們是情報員耶
這語氣
好熟悉喔……

「我喜歡看別人津津有味的享用我做的食物。」

紫羅蘭彷彿變成料理傳教士，以料理的魅力為主題，進行了一席演說。

想說什麼都好，可是難道紫羅蘭忘了嗎？我們的任務只是讓馬卡林會長暫時留在這裡而已啊。

烹飪
轟炸機
料理大賽
閒雜人等，禁止出入
紫羅蘭，
等一下！
噠
噠
噠
冷靜，
你冷靜！
叫我一個
人在這做
什麼？
哇！
這下完蛋了，
小鬼，恭喜你。
火箭人，
給我力量

完……完蛋了。

4格漫畫

CINE MA
02 TAKE
005

滴答滴答的指引

小藍，我去找頂級食材回來！
喔耶
我一個人怎麼辦！

雖然在小藍面前說了大話，但我該往哪走？
對了，我有「滴答滴答」！
拿出

☆ 滴答滴答
紫羅蘭擁有的神秘時鐘，可召喚探員，也可進行時空旅行。
喀噠
滴答滴答會指引我。

呢啊啊啊啊
最後，紫羅蘭抵達的地方是全羅南道的高興郡。

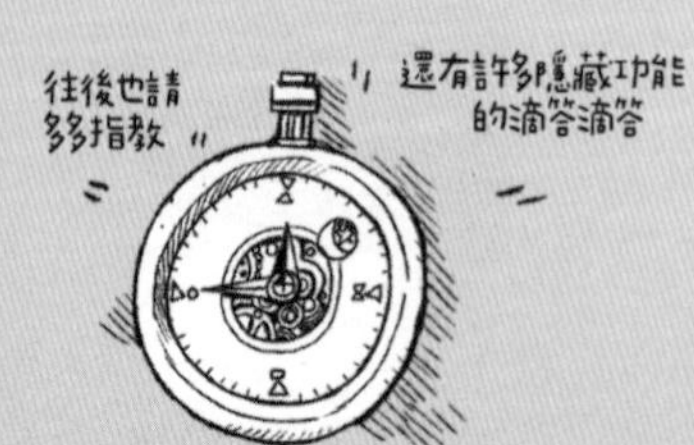
往後也請多多指教
還有許多隱藏功能的滴答滴答

5. 馬卡林大樓的祕密

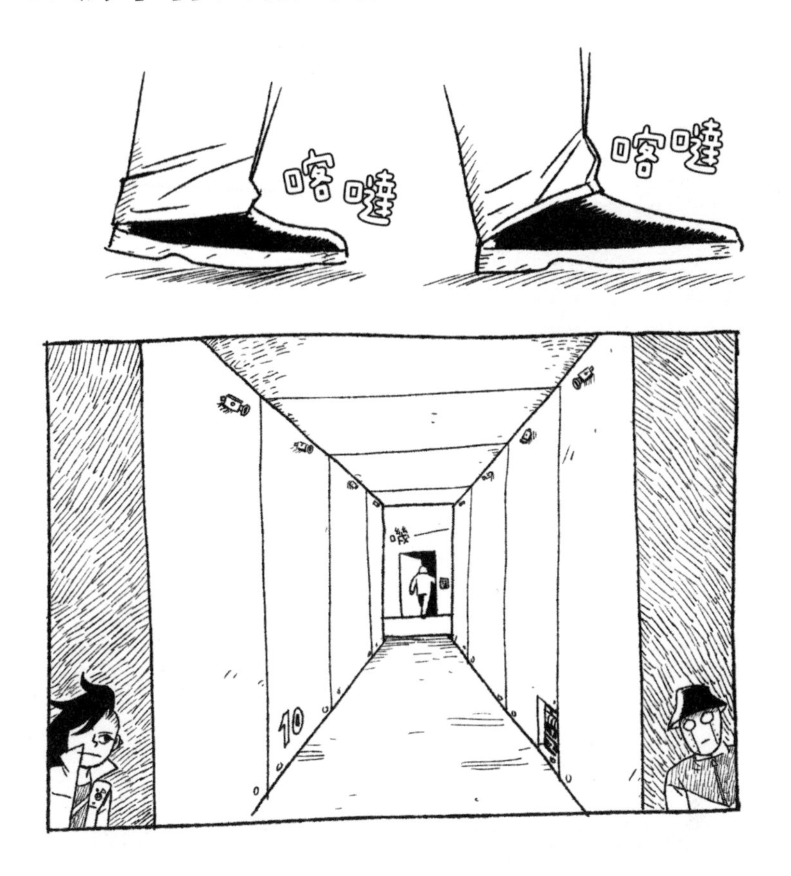

機密代號 B 和機密代號 Q 進入馬卡林大樓不久，就來到了通往馬卡林會長辦公室的走道，但走廊四處都裝了監視器，所以不能像逛超市一樣，大搖大擺的走進去。

機密代號 B 猶豫了一下，嘗試和我們聯繫。

「這裡是潛入組機密代號 B，呼叫 Blue Star。」

這裡是
Blue Star，
潛入組機密
代號B請說。
貴賓狗小姐，
現在馬卡林大樓
內發生問題了。

通往頂樓的
路上裝滿了
監視器。
RX-II
有沒有辦法
干擾它們？
稍等
一下。

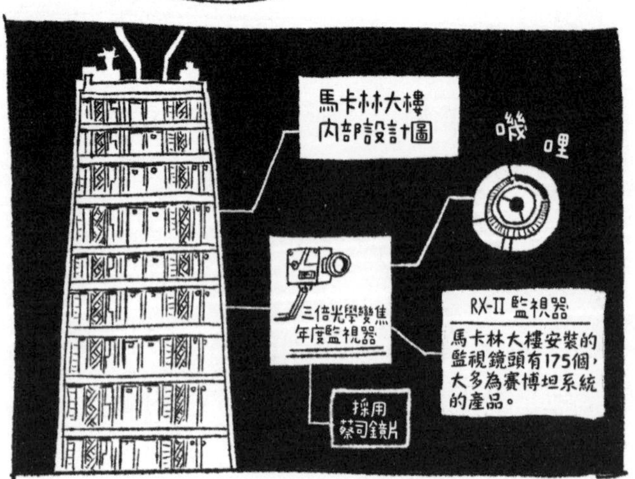
馬卡林大樓
內部設計圖
嘰
哩
三倍光學變焦
年度監視器
RX-II 監視器
馬卡林大樓安裝的
監視鏡頭有175個，
大多為賽博坦系統
的產品。
採用
蔡司鏡片

貴賓狗小姐發揮卓越的電腦操作技能，連接馬卡林大樓內部的中央控制系統，暫時中斷監視器的電源。

「你和機密代號Q必須在一分鐘內打開門，進入內部，知道我的意思吧？」

成功！
現在只要
知道密碼
就行了。
BR-4

BR-4
7 8 2
4 9 5
0 6 3
1

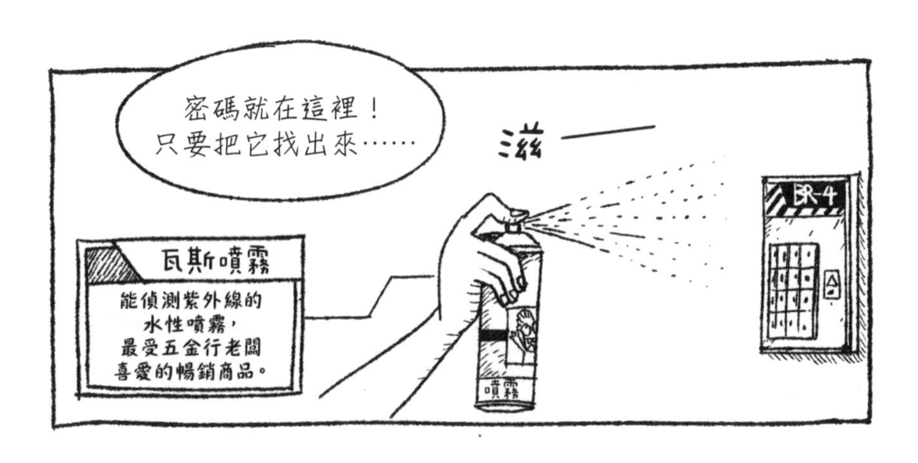

「現在只要戴上這副特殊眼鏡就行了。」

「這能用紫外線追蹤體溫的痕跡。剛才走進這扇門的警衛，會留下微微的熱氣。根據按下的順序，餘溫會不同，所以最亮的按鈕，表示是最晚被按下的。」

「現在，只要按下這組號碼，門就會⋯⋯」

「還、還剩下多少時間？天啊，我不知道會有這種事，怎麼辦！我腦中突然浮現了紫羅蘭那丫頭嘲諷的笑容！」

「紫羅蘭，她會怎麼嘲笑我們？」

咦？
喀噠 喀噠

彈
出

哇！
喀喀

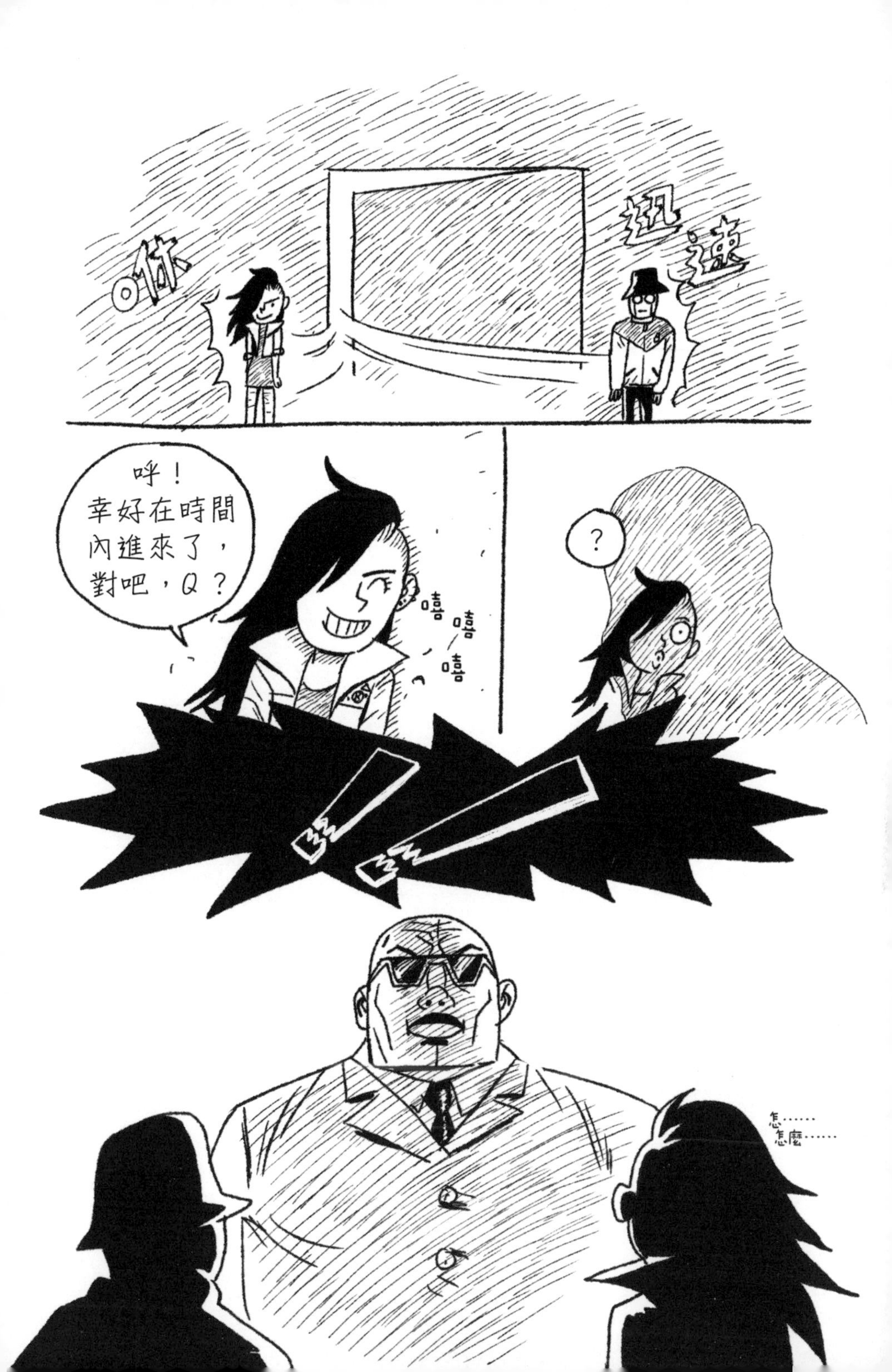
咻
迅速
呼！
幸好在時間
內進來了，
對吧，Q？
嘻
嘻
嘻
？
怎……
怎麼……

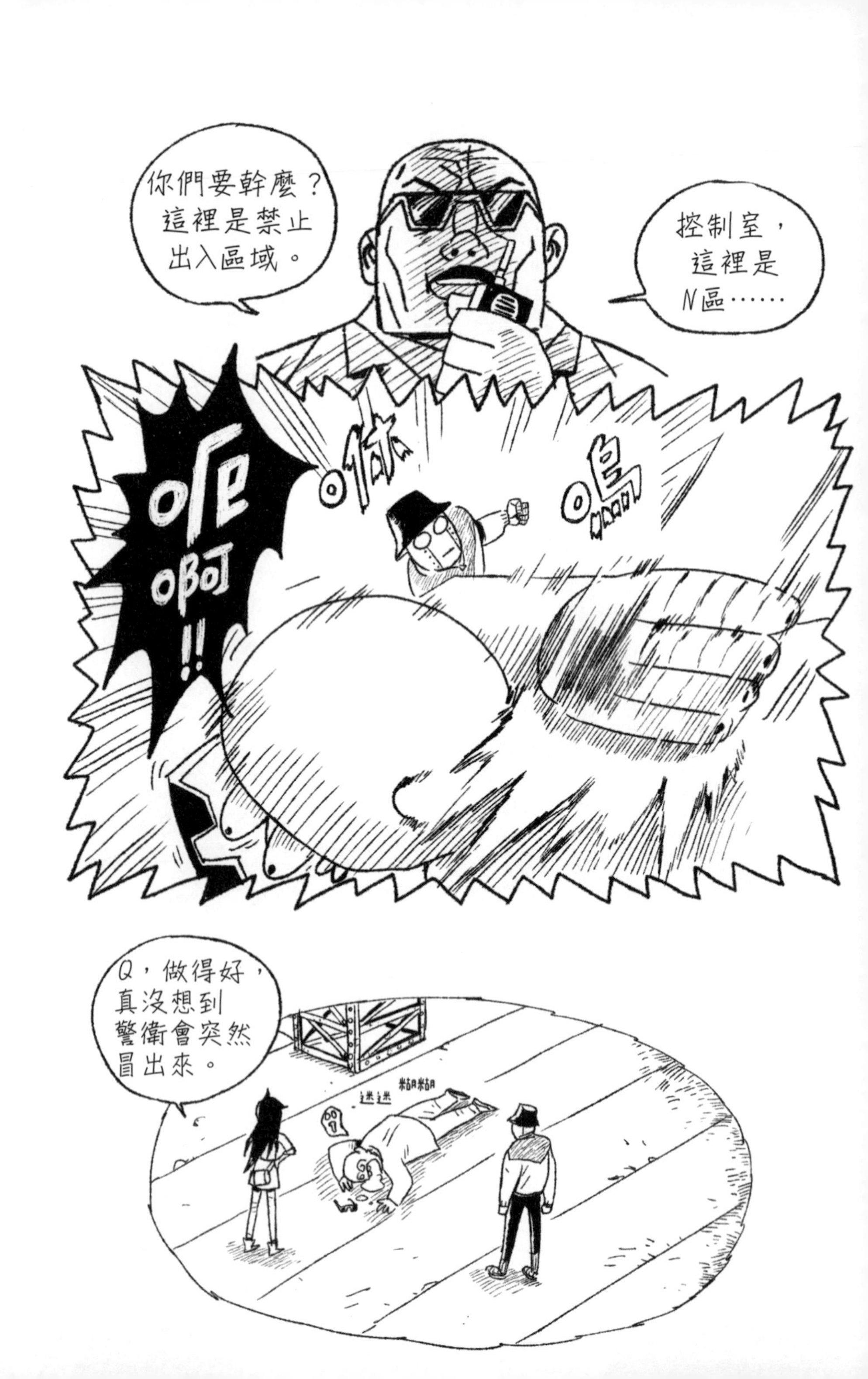
你們要幹麼？
這裡是禁止
出入區域。
控制室，
這裡是
N區……
呃
啊
!!
咻
嗚
Q，做得好，
真沒想到
警衛會突然
冒出來。
迷迷
糊糊

「呼！刺激接連不斷，我只想到成功躲開了監視器，卻沒想到會有警衛。」

天啊！這些都是什麼啊？
大樓裡怎麼有這麼多軍事武器……
炸藥

喀嚓!

這……這棟大樓的擁有者究竟是什麼來頭？也許烈焰怪博士並沒有說謊。

這些武器是從
哪裡來的，又
要往哪裡去？
馬卡林會長，
你究竟是誰？

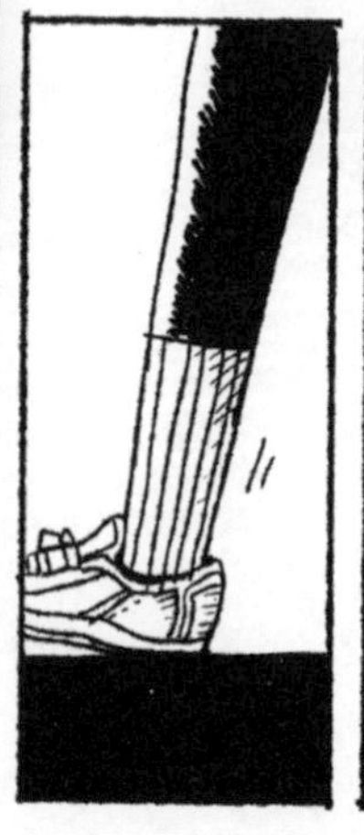

!!
NT-D
NEO
ZION
Q，快點來！
喀
嚓

4格漫畫

CINEMA
02 TAKE
005

一廂情願的Mr. K

這是炸彈，
這是「機密任務」系列。
機密代號

把兩樣東西綁在一起……
衝
刺

按
TNT爆破

砰！
樂趣 炸開啦
砰！
喔耶
哇

我先聲明，這是Mr. K一廂情願的想法喔。
嘿
嘿
我發誓，我只說實話
聽證會

6. 暴風雨中的紫羅蘭

紫羅蘭離開去找食材後，我不知道該怎麼辦，只好呆呆的站著。確實如主持人所說，除了我之外，每位廚師都已經筋疲力盡。

就在這時，馬卡林會長站了起來。

接著，他和主持人說起悄悄話……

「『烹飪轟炸機』比賽太過激烈，為了各位廚師的健康著想，我們決定休息五分鐘。沒錯！我們就是這麼澈底遵守勞動基準法的料理大賽，請各位廚師休息過後再進場。」

我跑到大家看不到的地方，東張西望了一下，因為怕有人會聽見。

貴賓狗小姐，到
現在還聯繫不上
紫羅蘭嗎？
她的位置呢？
等一下，
我在追蹤。
喂！小鬼！
你竟然叫我的
偶像紫羅蘭去
做粗活！
要是紫羅蘭小姐
有個三長兩短，
你就完蛋了！
可惡……
我也很擔心
我媽媽耶！
哎呀

這時，無線電傳來微弱的聲音。

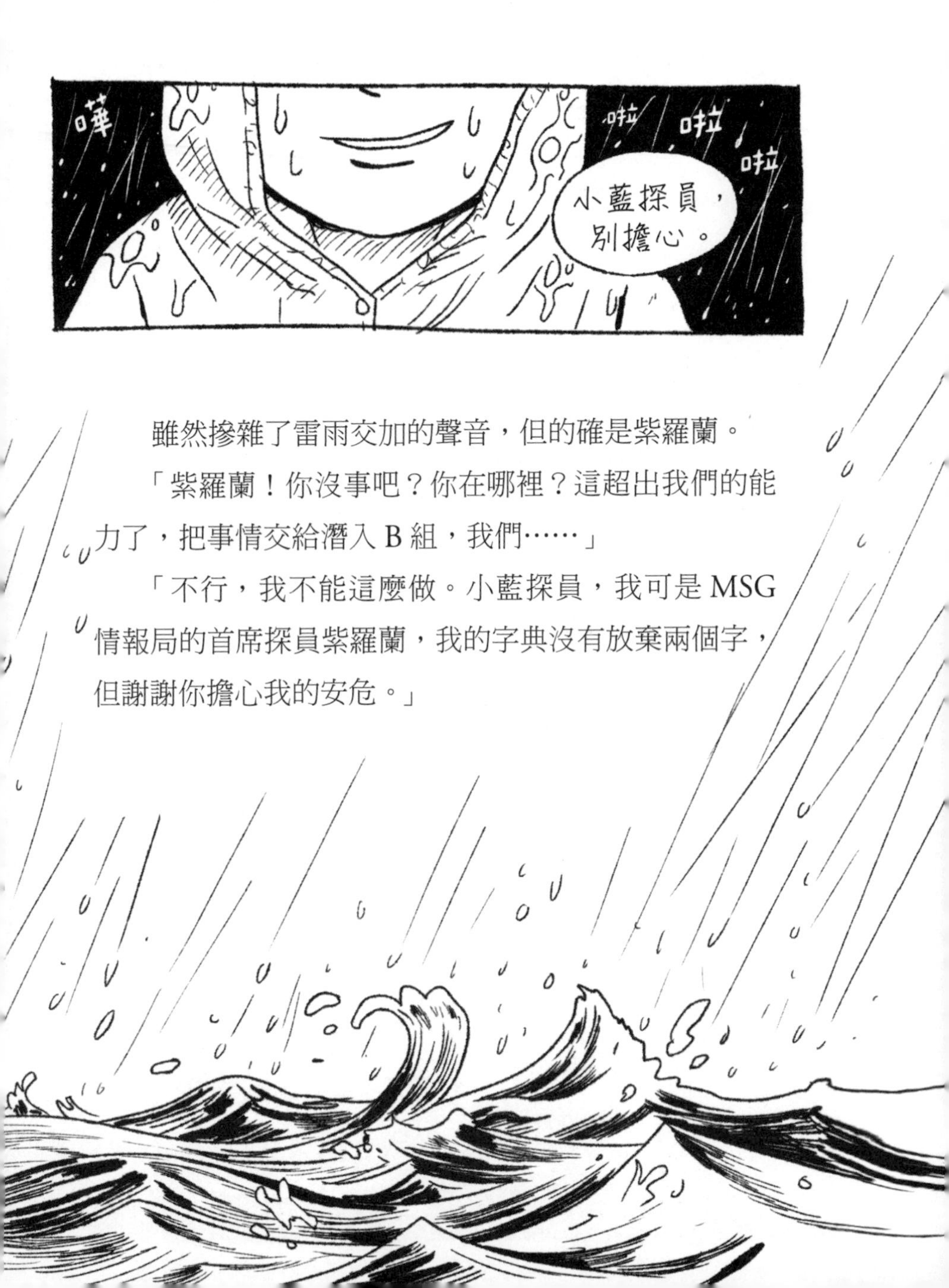

雖然摻雜了雷雨交加的聲音，但的確是紫羅蘭。

「紫羅蘭！你沒事吧？你在哪裡？這超出我們的能力了，把事情交給潛入 B 組，我們……」

「不行，我不能這麼做。小藍探員，我可是 MSG 情報局的首席探員紫羅蘭，我的字典沒有放棄兩個字，但謝謝你擔心我的安危。」

「小藍探員，雖然我們相識不久，但不知道為什麼，我覺得好像認識你很久了。從第一次追蹤查理滴答會長，和海盜傑克銀展開追擊戰，在健身中心的對決，還有烈焰怪博士的可怕陰謀，我們都並肩作戰，也戰勝了。那時我就感覺到，也許我們是命中注定會相遇。幸好有你在，謝謝你，小藍探員。」

「我之前為你創作了一首曲子，現在是時候讓你聽

聽了。」

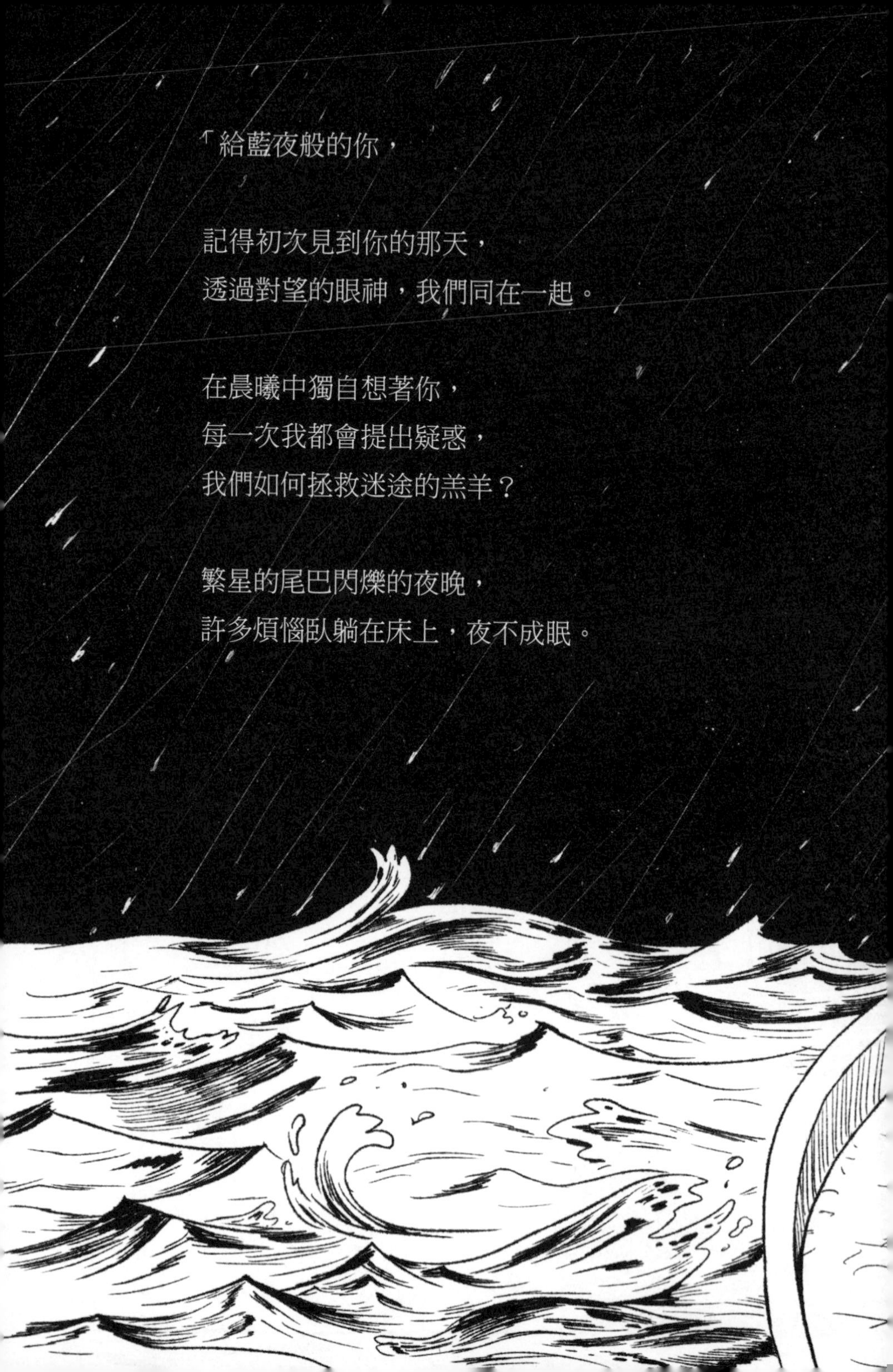
「給藍夜般的你，
記得初次見到你的那天，
透過對望的眼神，我們同在一起。
在晨曦中獨自想著你，
每一次我都會提出疑惑，
我們如何拯救迷途的羔羊？
繁星的尾巴閃爍的夜晚，
許多煩惱臥躺在床上，夜不成眠。

我擁有的眾多夢想與願望，
只要伸手，彷彿就能觸及。
朋友，現在握住我的手。
在這凌晨時分，永遠記住
我們即將共度的友誼，
永遠記住。」
洪振號22
22

媽媽為我創作的歌曲實在太美了。

那個旋律彷彿早就儲存在我的記憶中。

雖然穿插著雷雨聲，但我能感覺到，有一樣東西橫跨時間與空間，將我們連結在一起。

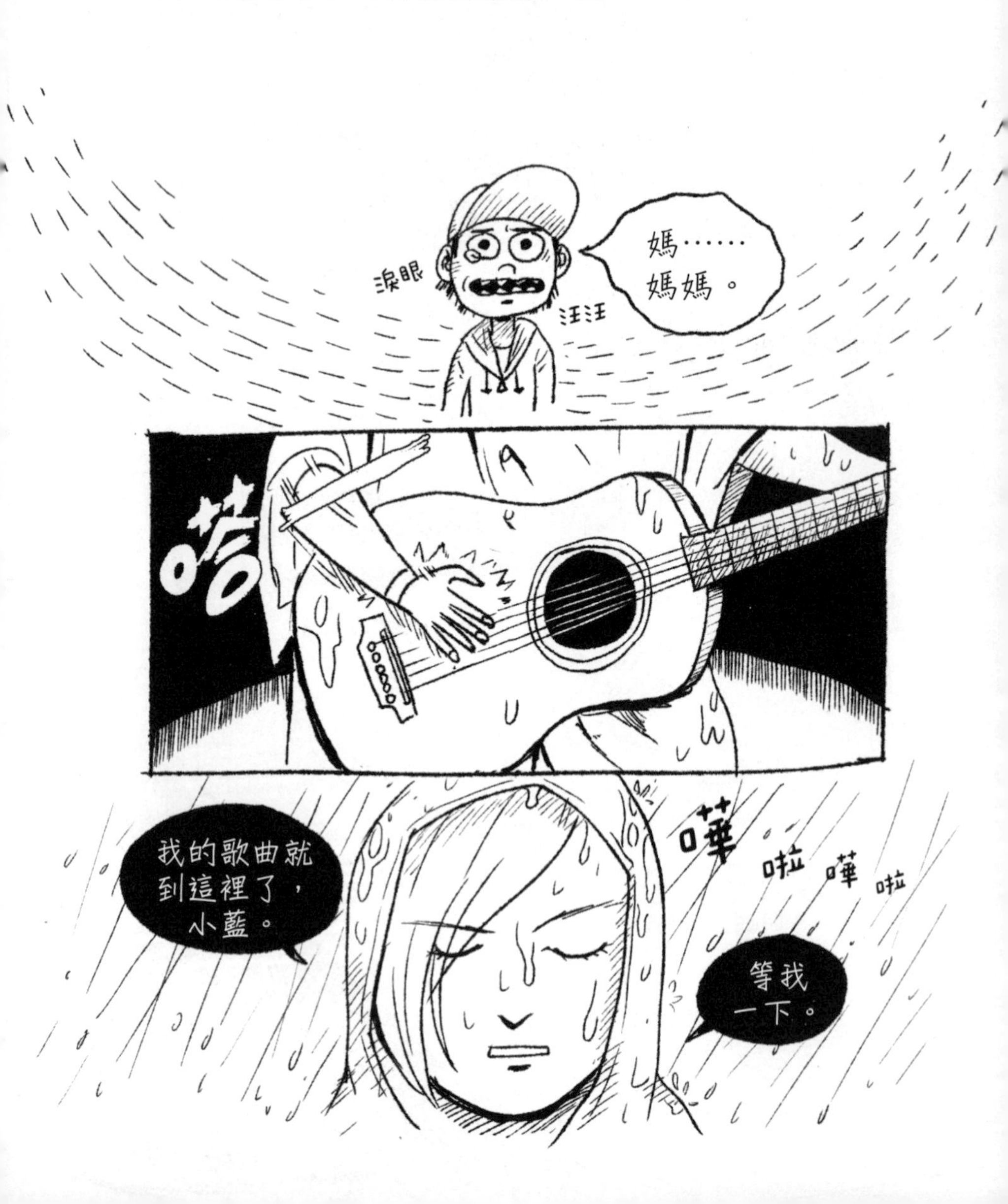

轟
隆
轟
隆
我馬上就回去。
通訊結束！

喂，少女探員，
好歹我大你一歲，
就給你一個忠告，
不如趁現在
回去吧，天氣
太惡劣了。
性命可是很
珍貴的，
就是太害怕
了，我才不再
玩海盜遊戲。
轟
隆
轟
隆
謝謝你的
忠告，傑
克銀叔叔。
但我不能
就這麼空手而回，
因為有人在等我。

海怪，
開始決鬥吧！

剛才和紫羅蘭最後一次通話，我完全不知道到底發生了什麼事。雖然心中浮現「該不會……」的不安感，但我也只能相信「媽媽」。

稍早和紫羅蘭通訊時，另一邊也發生了狀況。

馬卡林會長，
請報告狀況。
博士說他很好奇。
火焰旺盛
NT-D-UNIT
0-78

呵呵，
請告訴博士，
沒有必要擔心，
我們的回收作戰
進行得很順利。
這是我們在MSG內
部的間諜說的。
這些人的反應都在
我們的預料之中。
博士派祕密
間諜到MSG真
是神來一筆。
那孩子
呢？博士
好奇的那
個孩子，
現在怎麼
樣了？
呵呵，
我親眼確認過了，
那孩子
非常健康開朗。

那孩子——
紫羅蘭……
這和上次利用
烈焰怪博士的
作戰計畫不同，
這次必定會
成功，
無論MSG再
怎麼阻撓也
一樣！

「哈哈哈！請向博士好好轉達，這次我絕對不會失敗。」

沒有任何人知道，竟然有如此可怕的陰謀在馬卡林大樓的某個角落進行著。

主持人和再次現身大賽的會長互咬耳朵後，接著大喊——

「各位親愛的廚師，你們應該都獲得充分休息了吧？現在休息時間結束，『烹飪轟炸機』的最後回合也再次展開！」

總覺得馬卡林會長朝我露出了陰險的笑容。

打起精神！姜小藍！

馬卡林會長與布丁

吃布丁的時間到啦！

7. 我記得媽媽做的食物

馬卡林 會長 辦公室
呵欠連連
馬卡林 會長
好無趣喔，對不對？這裡連一隻螞蟻都不會露臉。
這可是涼缺啊，不必做事，還能領薪水。

下面應該亂成一團了吧，因為食物的香氣四溢。
就是說啊，等輪班之後，我們也去料理大賽看熱鬧吧。
順便充充飢。
吞口水
哇，好期待
哈哈，好啊。
呵呵
噢！說曹操，曹操到。
喀噠
喀噠
下一組來輪班了。

喂，
你們，
快點
過來。

你們是從
一樓上來
的嗎？
我們也打
算輪班後
下去瞧瞧。

好，趕快說出
保全暗號吧。
我們是
「小飛蟲」。

保全暗
號呢？
咦？怪……
怪怪的。
咦？你們要回答
「綠頭蒼蠅」啊。

嚇一！
呃 啊
呼！
撕開
撕開
什麼綠頭蒼蠅……
迷迷
糊糊

終於抵達馬卡林會長的祕密所在之處了！

機密代號 B 和機密代號 Q 打算走進馬卡林會長的辦公室時，一名被打倒在地上的警衛突然醒過來，試圖按下警報器。

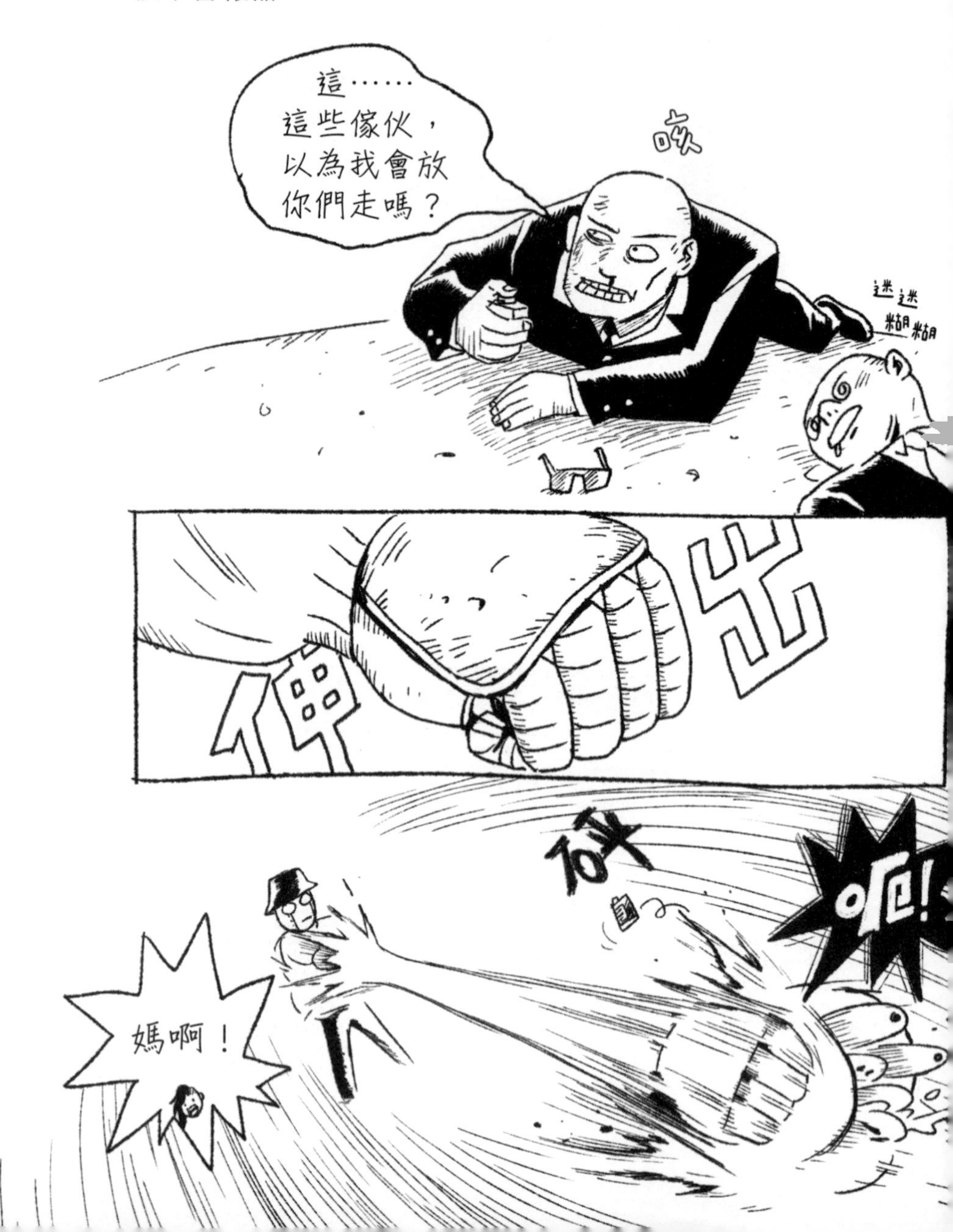

發射！
奇……奇怪，Q真的是機器人嗎？我以為他只是戴面具而已。
沉思
太可疑了，都共事好幾年了，他依然是個謎。

馬卡林 會長 辦公室
知道了，知道了，Q，快點進去吧。
他到現在還在比手勢……

嘰
哩
終於來到馬卡林會長的辦公室。
現在只要找到裝有情報的祕密金庫就行了。
等等，Q！

「依我多年來的潛入經驗，當事情如此得心應手時，接下來應該就會有什麼陷阱在等待我們。」

「果然如我所料，四面八方都有雷射光，要是碰到那些光線，說不定會被雷射攻擊，變成一隻烤雞，甚至是身體斷成兩截。我這麼優秀，怎麼就不能像紫羅蘭一樣成為首席探員呢？這真是世界七大不可思議啊！」機密代號 B 歪著頭說。

機密代號B的預想圖
好，那麼……
呵呵，我要像
電影畫面般，
用帥氣性感的
姿態通過雷射
光線。
噢呵呵，
光用想的
都覺得帥！

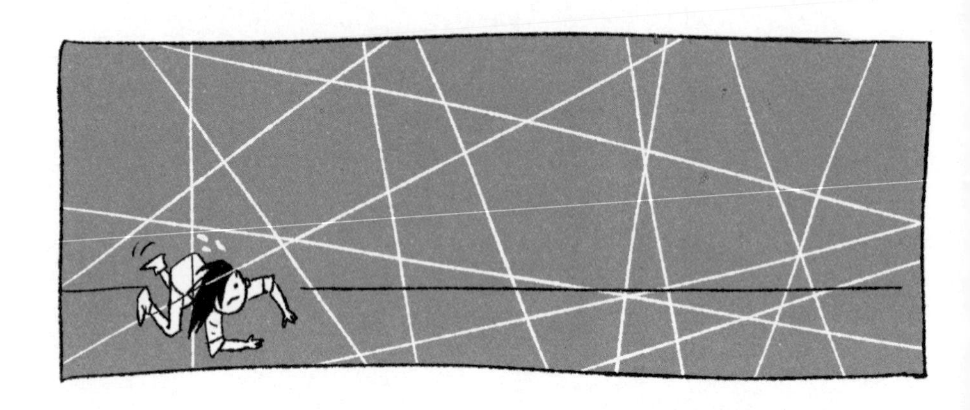

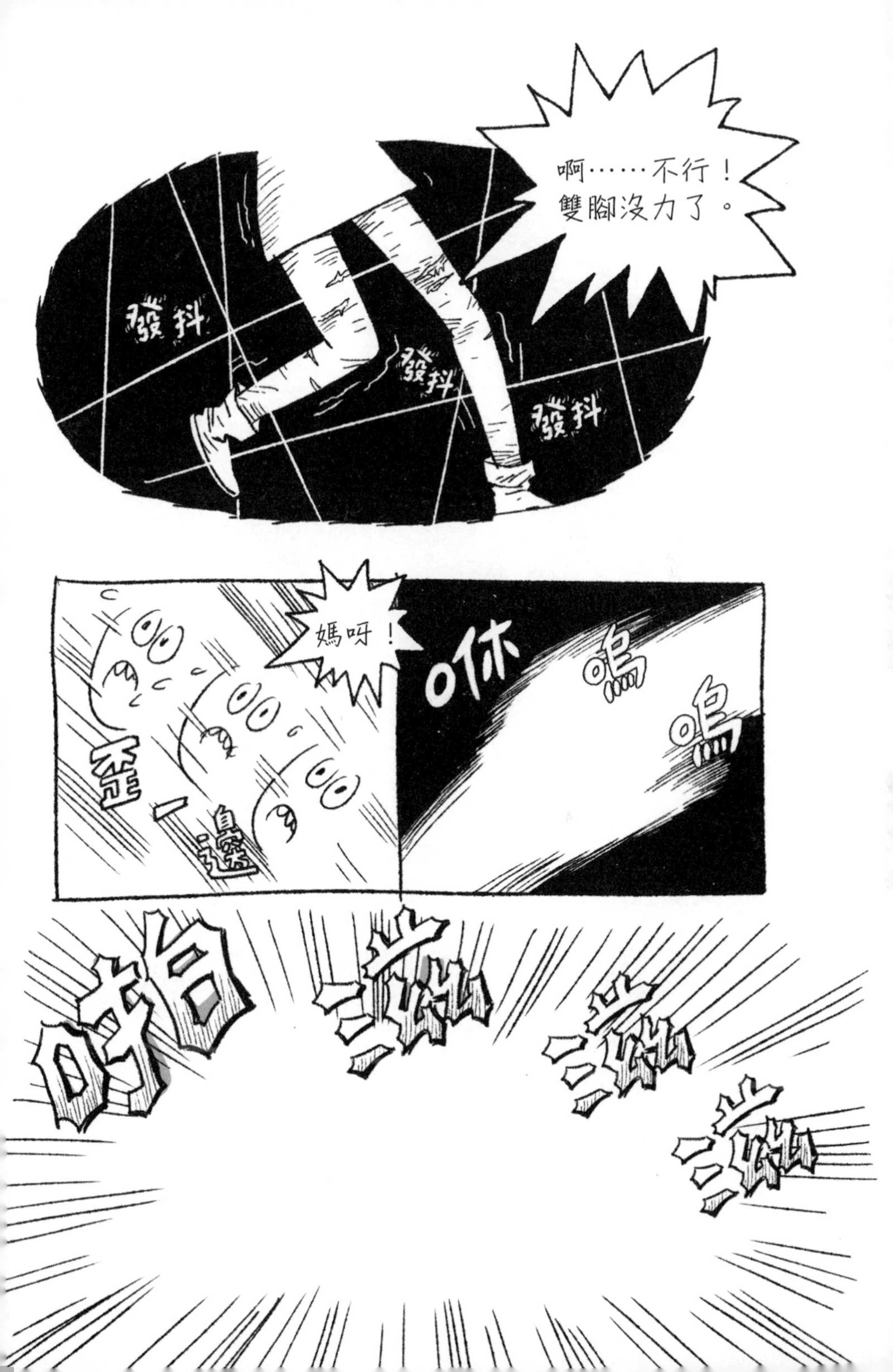

啊……不行！
雙腳沒力了。
發抖
發抖
發抖
媽呀！
歪一邊
咻
嗚
嗚
啪
滋
滋
滋

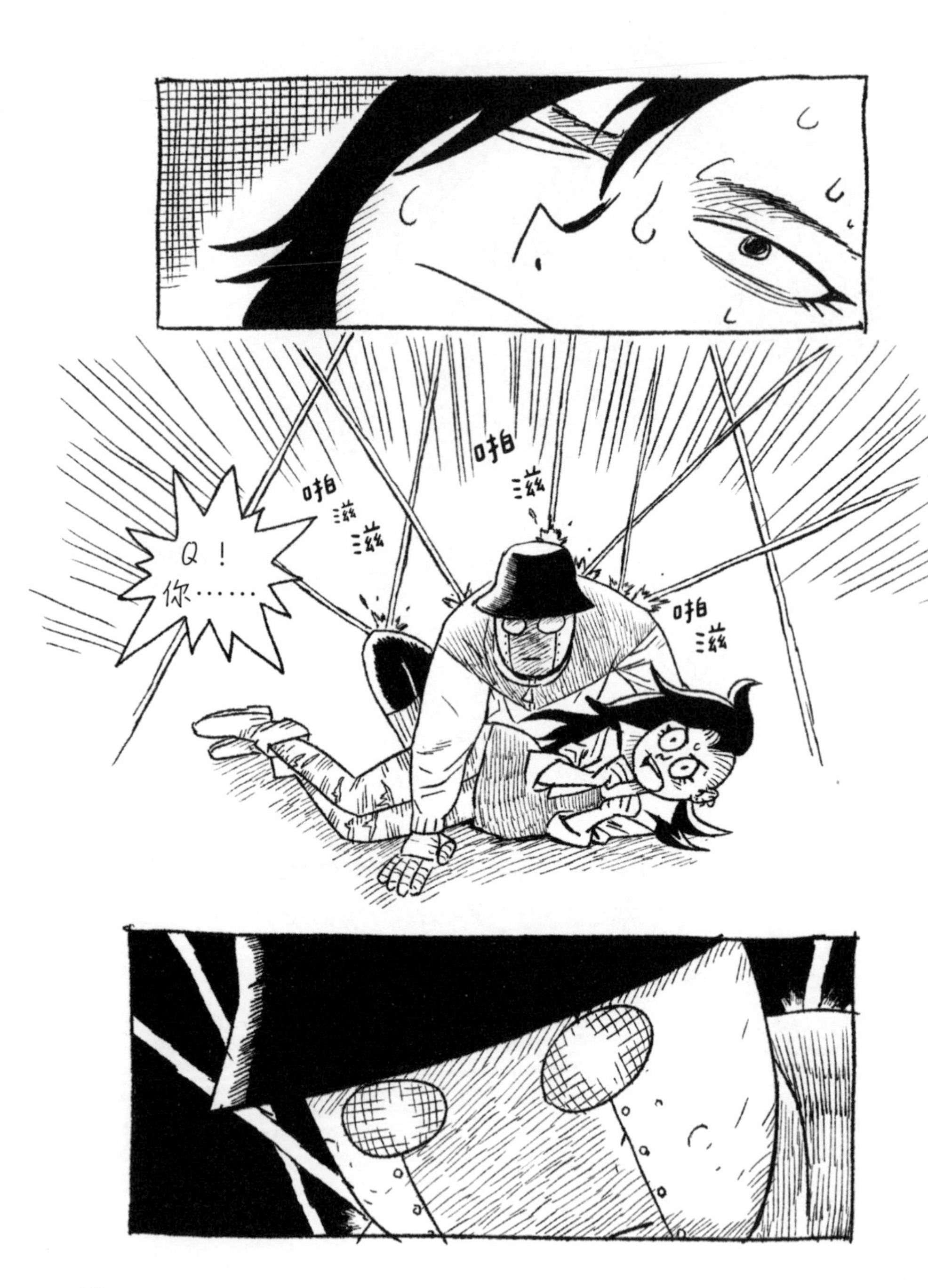
Q！
你……
啪
滋
滋
啪
滋
啪
滋

抱住
迅速跳開
我的媽啊
Q，你竟然為了我而冒這麼大的危險，
但你別太愛我，你會有生命危險的。
而且，MSG禁止辦公室戀情。
BGM
Casablanca

機密代號 B 和機密代號 Q 抵達馬卡林會長的辦公室時，我陷入了苦惱。

沒有食材，也什麼都不會的我，只顧著觀察周圍的動靜。

不然就讓這一頁……「放水流」？

我的眼睛像這樣轉來轉去，感覺自己就像一隻躺在海底、屏住呼吸的比目魚一樣。

再這樣下去，我就要變成斜視啦！

現在紫羅蘭不在身旁，我究竟該做什麼才好呢？

動動腦吧，動動腦。

趕快想想辦法！

旁邊的一流廚師們，都賭上各自的夢想、希望和自尊，卯足全力在做料理。

而馬卡林會長和他的同夥，似乎在那上頭一直注視、觀察我。

這是危機的徵兆——

就像地震即將發生前，螞蟻會早早就搬家一樣。

我就像電影〈功夫熊貓〉裡的功夫大師般，盡可能排除周圍的雜音，進入深沉的冥想。

各種雜念消失後，很快的，身心都獲得了平靜。

無數的聲音都集中在一個點……

不知不覺，所有聲音都聚集到我耳中。

這時，獲得領悟的我，口中不自覺的吐出了這種聲音。

咚滋！
滋滋滋滋
嗒嗒嗒

嘎吱嘎吱
嗤—
砰砰砰！

嗶嘰！
嗶嘰！
剁剁剁剁
嗒嗒嗒
嗤嗤

沒錯，在逼不得已的情況下，我想出來的辦法就是使用「beatbox 節奏口技」──頓時產生錯覺，以為舉行料理大賽的地方，搖身變成了夜店。

我必須做點什麼才行，也擔心萬一馬卡林會長直接走掉，那就慘了，於是使出了最後手段。

就算把臉丟光也沒辦法，咚滋！

哇！那個少年在
做什麼？這種重大
時刻卻在
創作音樂。
砰
砰
HO~
不過好奇妙，
節奏竟和現在
的氣氛很搭。
還是用
嘴型……
我叫做佩龍，聽到那些節奏，
彷彿聽見了從前在少林寺修行
時的木魚聲。

住持大師，
我什麼時候才能在少林寺的廚房工作呢？
佩龍7歲

呵呵，小龍，你很快就能在少林寺燒菜了。
呵呵
猛然！
……你以為我會這樣說嗎？
什麼？
看好了，想在少林寺的廚房燒菜，成為頂尖的廚房長，
就必須先學會這項技術。

火力全開
燒得滾燙的沙子
這是少林寺千年的祕法。
戳
戳
戳
鐵沙掌！
戳
好……好了不起
懂了嗎？佩龍！唯有經過不斷修練，
少林的廚房才會接納你！
是的！住持！

呵呵，過往的回憶像煙霧一樣裊裊升起啊。
真懷念
猛然
住持師父！請看！
我的鐵沙掌！
啪
啪
啪
啊！好驚人！佩龍廚師徒手在滾燙的鍋子裡炒菜！

「在這分身乏術的節骨眼，竟然還有人在哼歌，就連鐵沙掌高手也登場了，但『烹飪轟炸機』的冠軍將會是我，傳統美國料理匠人——傑佛瑞！」

看好了！這就是傳統美國風格，德州電鋸牛排！
大手一揮
啊啊，好驚人！
不愧是只有頂尖好手才能留下的最後對決！美國的傑佛瑞廚師用電鋸剁肉的架式太壯觀了！

呼
呼
分
身
術
變！
砰
砰
砰

處理食材

薄切生魚片

水煮

熬煮

拍打肉塊

這次換忍者登場嗎？日本籍的廚師Tamanegi桑，同時在做十人份的忍者料理！
竟然有這種事……

咻
嗚
看我的！
咻
咻
法國的瑪麗廚師也巾幗不讓鬚眉，使出華麗的主要特技「擊劍裝飾」！！
爸爸、媽媽
接連落下

大……大家好像都變得熱血沸騰耶。

馬卡林會長欣賞著廚師的才藝表演，臉上掛著欣慰的微笑。

接著，他像是在找什麼東西般東張西望。

「是的，聽說她暫時去外頭找食材了，大賽結束之前會回來。」

站在馬卡林會長旁邊的手下回答。

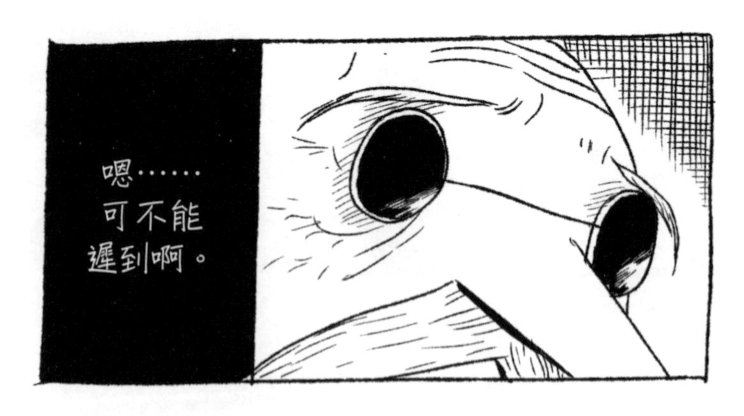

馬卡林會長終於顯露內心打的歪主意。

當時我和紫羅蘭都不知道，陰險的計畫正在暗中進行著。

就在這時，無線電耳機傳來了怪聲。

緊接著傳來一陣尖叫……

這分明是紫羅蘭的聲音！這就是紫羅蘭此時此刻碰到危險的證據！

紫羅蘭！
發生什麼
事了？
你在哪裡？
回答我！
我立刻過去
救你！

不知道無線電另一頭情況的我，只能在這裡乾著急。

假如「媽媽」真的有什麼不測，那該怎麼辦？

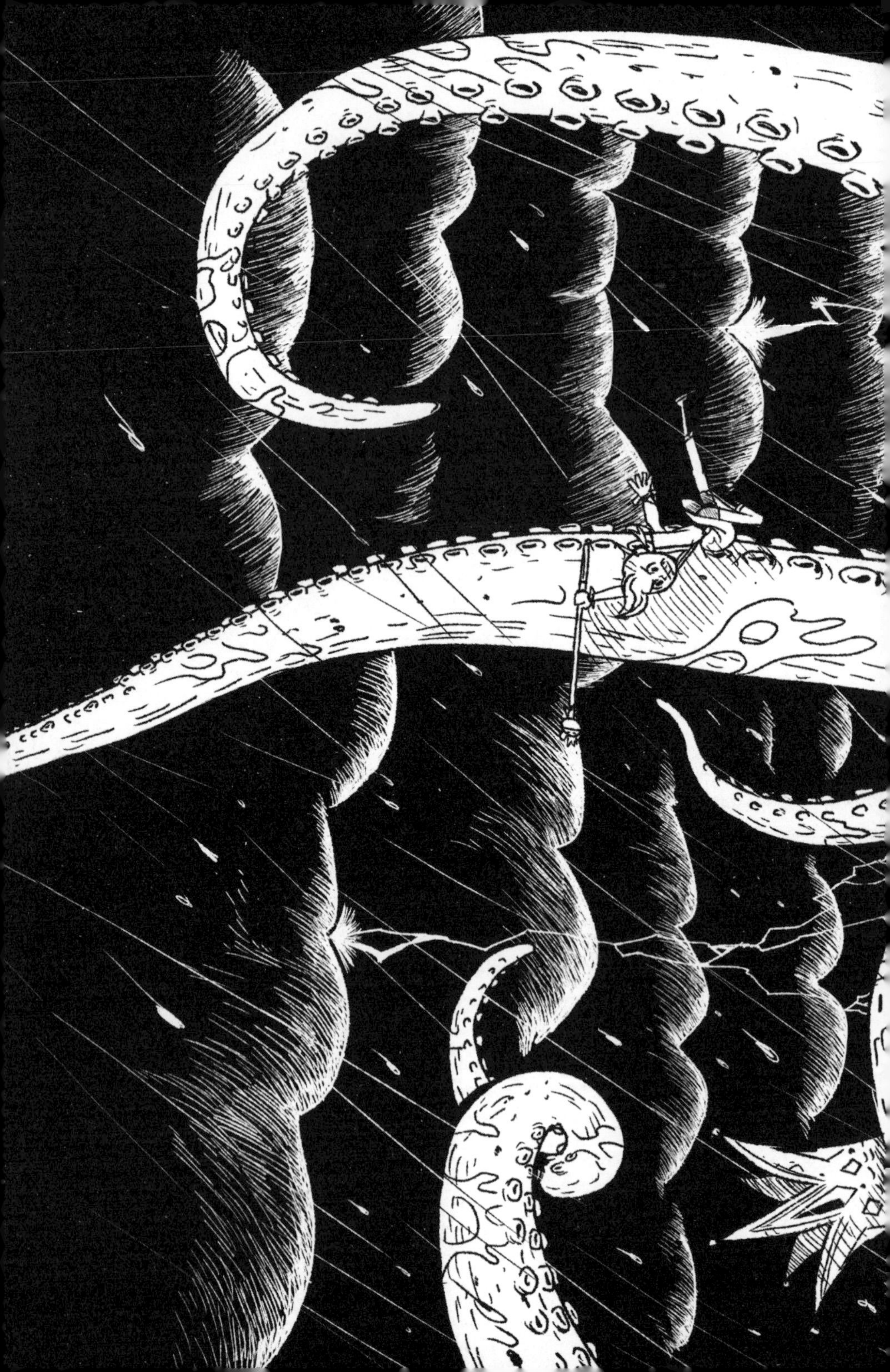

怪聲與無線電的聲音變得越來越微弱。

我的心臟彷彿漏了一拍。

紫羅……不，我的「媽媽」發生什麼事了？

紫羅蘭！！！
不……
不……
不可以。

紫羅蘭，
回答我。
你，
你絕對不會死，
對不對？
火箭人
Rocket

你不是說，
之後要為心愛的人
做菜嗎？
你一定會做這些事，
會成為非常帥氣的女人，
還有和心愛的人結婚。
你們兩人會有寶寶，
會隨著喜愛的音樂高
歌，會在下雨的午後
享用紅茶。你會穿上
紅色雨衣，和你的孩
子出去散步……

那個孩子，
他會非常、
非常愛你……
嗚
嗚
嗚
所以，
你一定要平安
無事！
要趕他
走嗎？
不，
再觀望
一下。
婁小藍人生劇場
嗚
嗚

無線電中傳來的，不是紫羅蘭的聲音，而是機密代號 B 的聲音。

「她可是世界首屈一指的情報局 MSG 首席探員，不會因為這種事就死掉！」

機密代號 B 朝著無線電怒吼。

「所以，你不要搞砸事情，要盡你的全力！」

沒錯，機密代號 B 說得對，紫羅蘭絕對不會死。

對了，我想起來了。

我緩緩站起來，擦乾眼淚，走到料理臺前，開始做菜。

4格漫畫

CINEMA
02 TAKE
005

依舊沒機會出場的中士

我是安德森中士，幸會了，正如各位知道的……

推
我是沒機會出……
嚇！
開
讓開、讓開！
做、做什麼

你是誰啊？！
叔叔，你沒聽說嗎？這次四格漫畫的主角是我。
卡滋

各位讀者，請找出在本書中偷偷現身的我吧。
卡滋
卡滋
喂！給我讓開

怒吼
不可原諒！竟然被小胖擠掉了，可惡！

8.「烹飪轟炸機」的冠軍就是我們

金庫裡面竟然又有金庫，由此可見馬卡林會長是多麼慎重的人。

「這……這是在搞什麼，到底要打開幾個金庫啊？這是什麼俄羅斯娃娃金庫嗎？」

機密代號 B 感到很驚慌。

機密代號 B 和機密代號 Q 終於開到最小的一個金庫，也打開了它。

最後一個金庫，有一隻黑貓窩在裡面。

怎麼會有出這種怪招的人啊？

貓咪跳開之後，馬卡林會長的祕密資料也跟著無所遁形。

雖然金庫中有貓咪跳出來的確很不尋常，但沒時間去管這些了，當務之急是把情報拿到手！

機密代號 B 翻閱起馬卡林會長的金庫中放的資料，意外發現了令人吃驚的情報。

這些情報，提供了關於這個謎樣龐大組織的線索。

「那些傢伙，要比烈焰怪博士說的更加邪惡……難道指的就是這件事嗎？」

這張照片……
!!

這張照片中的孩子好眼熟，該……該不會？

Q！我們先撤退吧。
紫羅蘭和MSG有危險了！

噠 噠 噠 噠

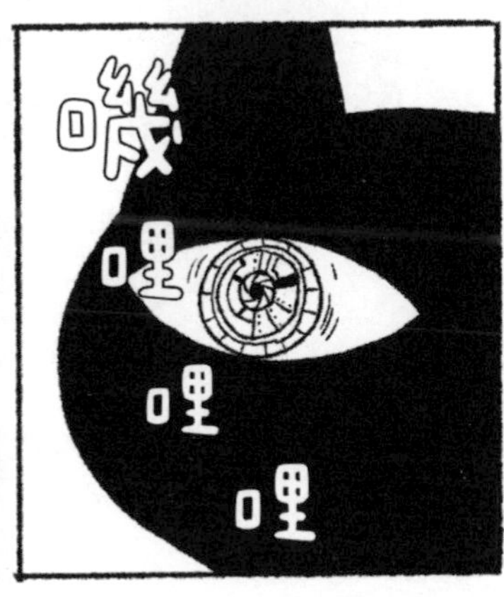
哦 哩 哩 哩

好！這裡是戰況激
烈的「烹飪轟炸機」
大賽最後回合！
00:07
時光飛逝，
大賽逐漸來
到尾聲了。
5
4
3
2
1

終於結束了！
全世界廚師的
夢想舞臺！
料理大賽
的新世界！
「烹飪轟炸機」
的最後回合
畫下句點！
請各位廚師停
止動作，並離
開工作臺。

「好！接下來，有請大賽的評審、絕對味覺擁有者——金米其林廚師給予評價。今日能滿足他刁鑽味覺的廚師會是誰呢？」

金米其林廚師很認真的品嘗佩龍的料理。

啊！太可惜了，料理的生命在於味道，但衛生也同等重要。
必須扣佩龍廚師的分數了。
搖搖
下一道料理，是美國廚師傑佛瑞的「牛仔漢堡」。
晃晃

「嗯，很美味，每一處的醬料都拌得恰到好處，炙烤後的香脆口感，讓滋味更上一層。但是，肉排的口感卻鬆鬆垮垮的——你用放置超過三十六個月的牛肉製作肉排，這是非常危險的舉動！怎麼能用這種食物來招待客人！」

接下來是法國
瑪麗·安東妮廚師
的料理，「牛排塔」
與「黃金馬卡龍」。
這是法國代表性
的食物之一，真
讓人期待廚師會
如何呈現！
呵呵呵呵呵呵
光芒
四射

金米其林主廚開始試吃。

「咦？這滋味好極了，彷彿是經過艾菲爾鐵塔，聞到一股濃濃的尿騷味，又有抵達蒙馬特山丘時的清新感。還有，這個馬卡龍宛如一位法國的優雅女士用法語問我：『士林夜市在哪裡？』，滋味真是妙、妙、妙！」

「現在就只剩第 13 組的少年廚師姜小藍了。在搭檔至今尚未回來的情況下，姜小藍廚師究竟完成了什麼樣的料理呢？眾人的目光都集中在他身上。」

就如主持人所說，我瞬間成了全場的焦點。

「被祕密蓋住的料理，金米其林主廚終於揭開了它的面紗！」

這……
這是怎麼一回事？
這道讓我們
跌破眼鏡的料理，
竟然是「泡麵」！
登愣！
我準備的料理，
是有媽媽味道的
泡麵！

金米其林主廚，
請拿起筷子嘗嘗吧。
舉筷
場內雖然還鬧烘烘的，但這一刻大家都全神灌注，究竟評審會給予什麼評價。
嗯。
咻嚕嚕
很好吃，這確實是好吃的泡麵。
咦，真假？
麵條的熟度、放入湯頭的時間點，

滲入湯料的味道也很夢幻，加上放入一、兩滴醋來增加口感，讓我彷彿嘗到了十年前徬徨時的迫切。不過，這裡是世界頂尖料理大賽。
我很難給泡麵太高的分數，畢竟……驚豔度不足！
嚴
厲
是的，確實如此呢。
我燃燒殆盡了
最後果然還是這種結局……

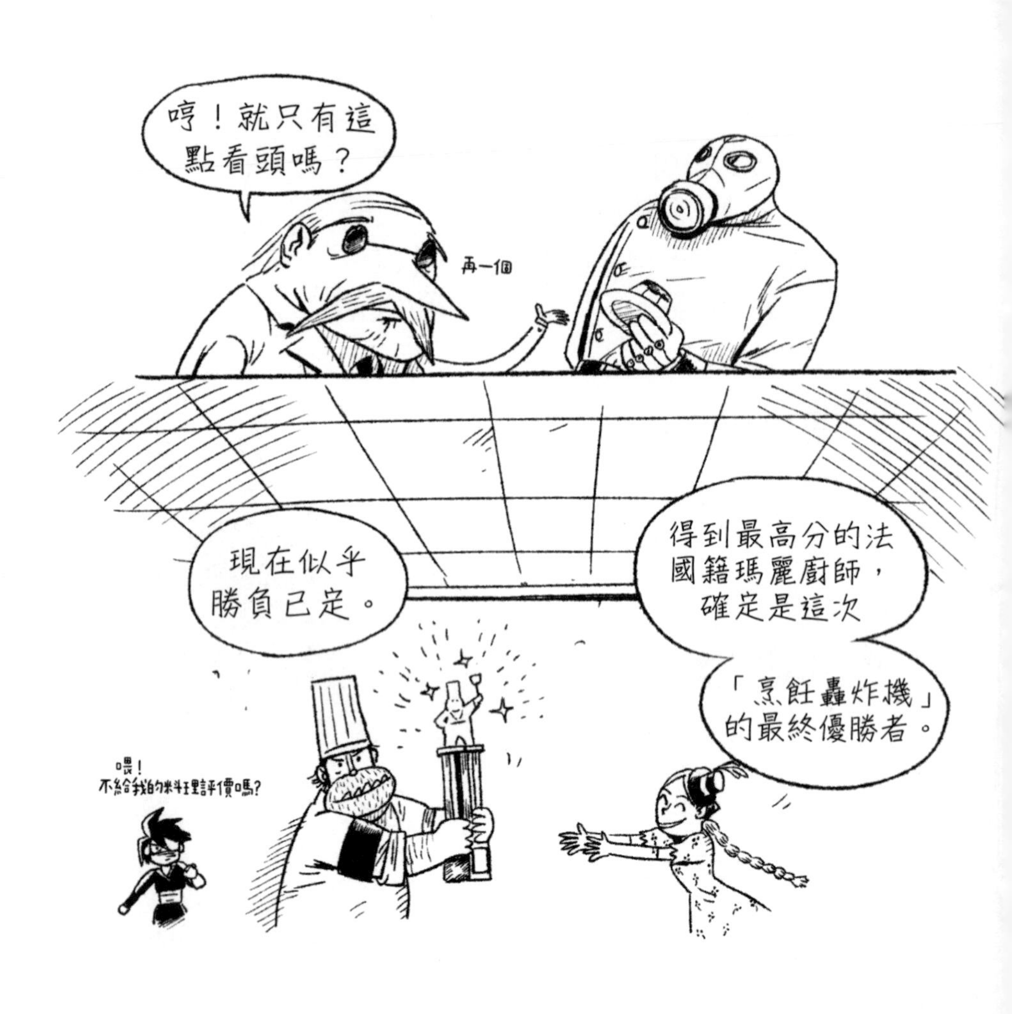

結果變成了這樣，不過至少我盡了全力。

我自暴自棄的望著那碗泡麵。

「驚豔度不足」這一點，我確實無法否認。好吧，就接受結果吧。

但就在此時……

啊！
怎麼可能？！
前去尋找頂級
食材的……
登
場
紫羅蘭廚師
登場了！
她肩上
扛的那個究
竟是什麼？
比賽有機會
大逆轉！
紫羅蘭！！

MSG 的頂尖探員——紫羅蘭再次回來了！

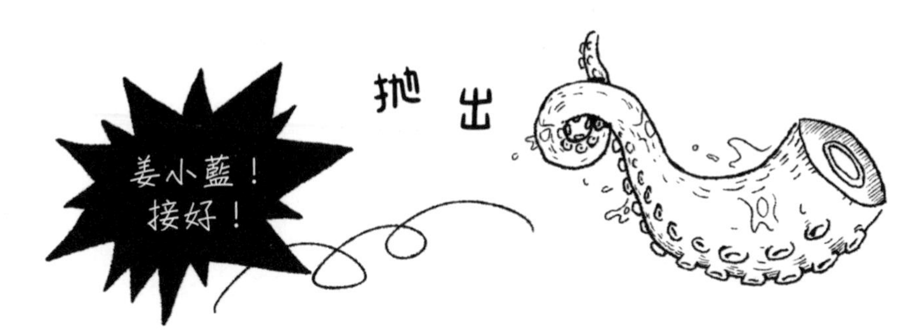

經過一番廝殺，紫羅蘭成功抓到了海怪。她將海怪的一條腿丟了過來。

在空中旋轉四圈半後，它直接掉進了我的泡麵……

馬卡林會長比出「OK」的手勢，於是金米其林主廚再次品嘗了泡麵的味道。

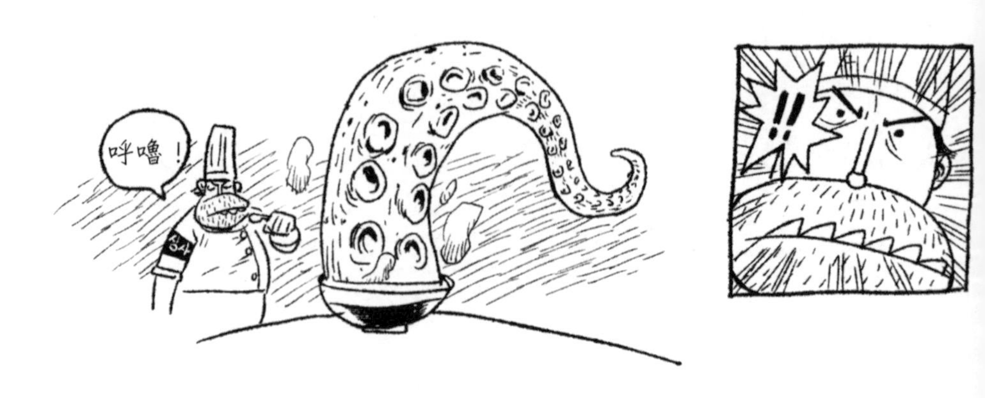

「這……這味道是……

是啊，我想起來了。

品嘗泡麵湯頭的瞬間，許多記憶有如走馬燈般湧現。那時我還只是個孩子，內心有種暖呼呼的感覺，那是後背，我倚靠著媽媽的背部。

靠在媽媽的背上，世界上的憂愁彷彿雪融般消失了。

媽……媽媽，這是媽媽煮的海鮮辣湯麵。」

「可是，我為什麼淚流不止呢？嗚、嗚……」

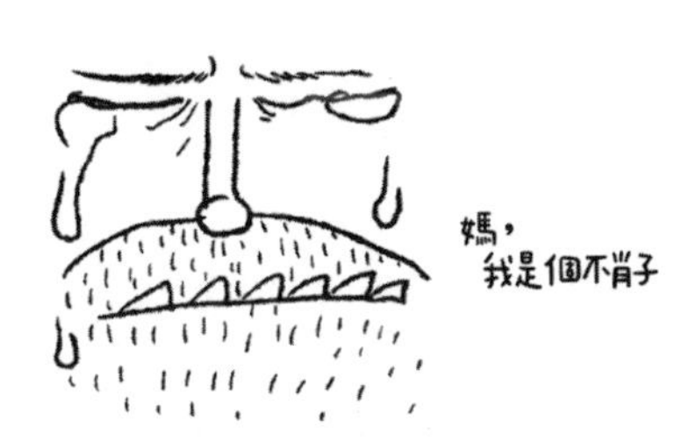

超……
超讚的啦！
愛死它了，
辣海鮮湯麵

喔耶
太驚人了，
金米其林
主廚再度
讚嘆連連！！
你做得很好!
怎麼可能！

翻盤成功！

多虧機密代號V紫羅蘭亮眼的表現，我們成功在「烹飪轟炸機」大賽拿下冠軍！

我緊緊抱住吃了很多苦頭的紫羅蘭。

我們終於親自見到這名心思縝密的男人——馬卡林會長。

既然潛入 B 組已經將祕密情報弄到手，現在只要我們平安無事的全身而退，這次任務就大功告成了。

4格漫畫

CINEMA
02 TAKE
005

下一集主角決定好了！

自稱天才情報員的R，最近抱怨連連。
哼

因為他想和心中仰慕的紫羅蘭執行帥氣的任務，
喔耶
去吧，小藍
這小鬼卻中途搶了他的角色。

怎麼可以這樣！！
觸電
呃啊啊！

知、知道了，我之後會讓你當主角。
饒我一命~
各位，下一集的書名決定好了喔。
嘿嘿

耶!
我是主角
咻
咻

9. 任務結束，但是……

紫羅蘭和我在馬卡林會長舉辦的「烹飪轟炸機」料理大賽取得冠軍。為了舉行特別的頒獎典禮，我們搭上了馬卡林大樓的超高速電梯。

吞口水

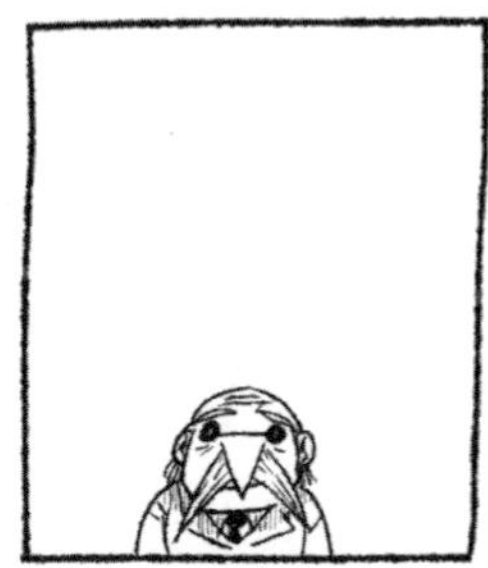

這時，馬卡林會長打破沉默，開口說：

「嗯，感覺糊裡糊塗的、不敢置信，我們竟然和世界頂尖的廚師較量，真的好像一場夢。」

紫羅蘭回答。

電梯門打開後，我們走向馬卡林會長的辦公室。

不知為何，感覺怪怪的。

直覺告訴我，我們必須離開這裡。

我轉頭一看，紫羅蘭的臉上同樣流著冷汗。

她一定也想著相同的事！

貴賓狗小姐的聲音傳進了耳中。

我們假裝若無其事的聽著貴賓狗小姐說話。

「根據分析的資料，雖然這也許只是冰山一角，不過已經在某種程度上掌握了馬卡林會長的底細。」

貴賓狗小姐繼續說。

他隸屬於某個組織，而且是至今不曾向外界公開的祕密組織。
那個組織的名稱就是「COSMO」！
怎麼了？你的臉色不太好看。
喔，沒什麼，只是不敢相信拿下了冠軍。

「他們似乎與目前世界上發生的大大小小恐怖事件與戰爭有很密切的關聯。雖然需要更精密的分析，不過為什麼我們會沒有這個龐大組織的資料呢……真是令人毛骨悚然。」

雖然聽到了貴賓狗小姐的警告，但為時已晚。

因為，我們已經進入馬卡林會長的辦公室。

馬卡林會長望著自己的金庫。

你哪位？
機密代號X！
我是X！
握拳
啊！我這大嘴巴，
竟然四處宣傳
我是MSG探員！
Oh my god!
轟轟轟
隆
轟轟轟
隆

馬卡林會長的手下不約而同的舉起了槍。

竟然用這種方式恐嚇人！

總之，我等紫羅蘭先做決定。

馬卡林會長一聲令下，合成子彈同時發射。

就在此時，我看到了非常不可思議的事情。

伸出
嗡嗡嗡嗡嗡

啪
嗒

飛到我們眼前的合成子彈，都接二連三的在空中分解，掉到了地上。

看到眼前發生這種事，我忍不住張大嘴巴。

但沒有時間多想了。

紫羅蘭沒有錯過這個空檔，取出小熊鐵鎚在空中揮舞，我也高舉滑板，朝著馬卡林會長的手下奔去。

這時，我清楚看到窗外站了一個人。

有個人……
人站在空中？

我見到了幽靈嗎？那究竟是什麼？

好！
現在繼續聊吧？馬卡林會長。
迷迷
糊糊

被逼到絕境的馬卡林會長，不斷往後退。
哀號
等、等一下，使用暴力是不好的行為。

我們不能不答應可憐又瘦弱的老人的請求。

您沒事吧？
就是啊，
年老的長輩要
特別注重運動
和飲食。
呼一
是啊、
是啊，
謝謝你們幫助我
這個老人家……
你們兩個
愚蠢的
小鬼！
這老頭子……
什麼?

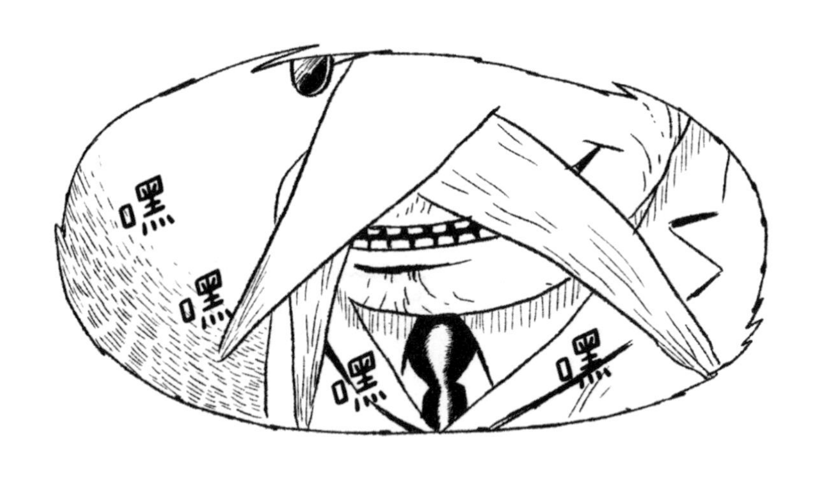
嘿
嘿
嘿
嘿

你們以為我真的有心臟病嗎？
你們拿給我的，是把大蒜、鹿茸、海狗腎和熊膽打成汁的身體增強劑——「回春水」！哇哈哈哈哈哈！

畢露
青筋

呼呼呼呼！放馬過來吧，
不知天高地厚的情報員，
這是測試我的長生不老藥
「回春水」的絕佳機會。
好驚人的肌肉！

啊，真是的……
那這個怎麼樣？發射火箭炮！
砰
嗡
咻
嗚
嗚

握住

張嘴
丟

Oops！
砰
呃啊啊
是胡椒口味耶！呵呵。
嚼嚼
讚喔。

從那之後，我就對食物產生恐懼和幻想。現在我會這麼挑嘴，都是當時造成的。

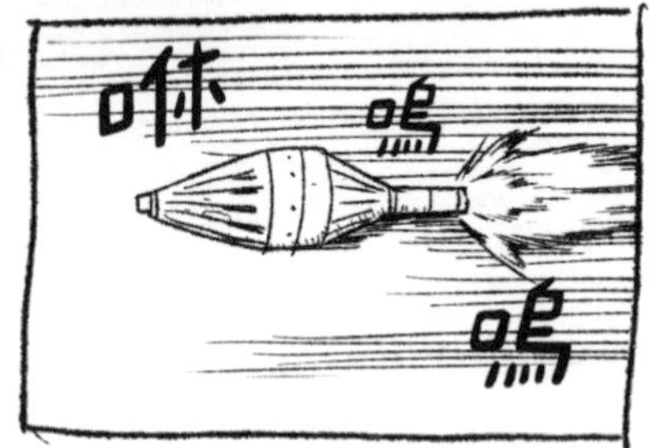

紫羅蘭的計畫正是如此。

因為我們不必對付馬卡林會長，只要逃出這棟大樓就行了。

馬卡林會長似乎覺得很可笑。

「哇哈哈！那是特殊防彈玻璃，普通的飛彈是打不穿的。打歪主意的傢伙，來，我們繼續未完的好戲吧。」

小鬼，放馬過來！
噠
噠
噠
噠
噠
馬卡林會長四處揮舞喝下回春水後變強的龐大拳頭。
呃啊啊

雖然好不容易避開了，但這裡畢竟是密閉空間，馬卡林會長遲早會逼近，掐住我們的喉嚨。

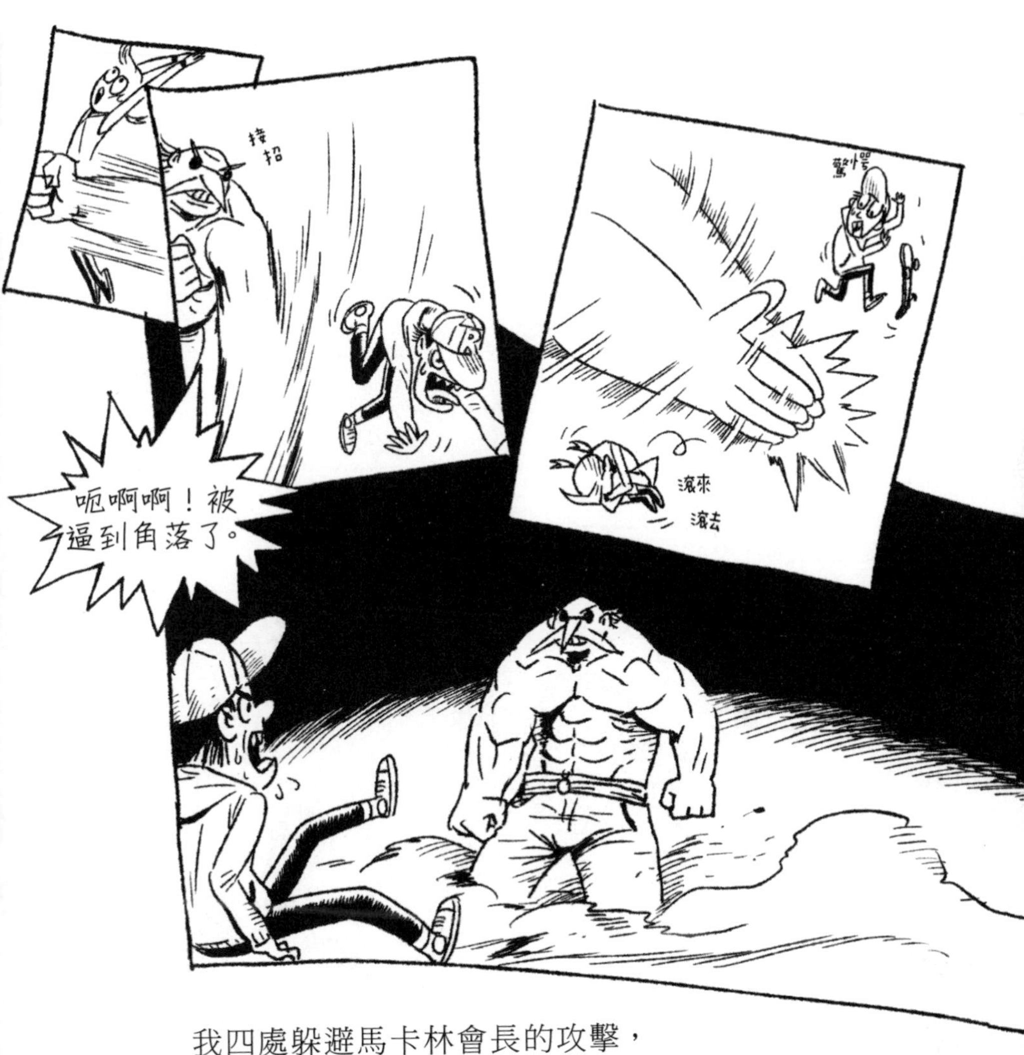

我四處躲避馬卡林會長的攻擊，最後被逼到了牆角。

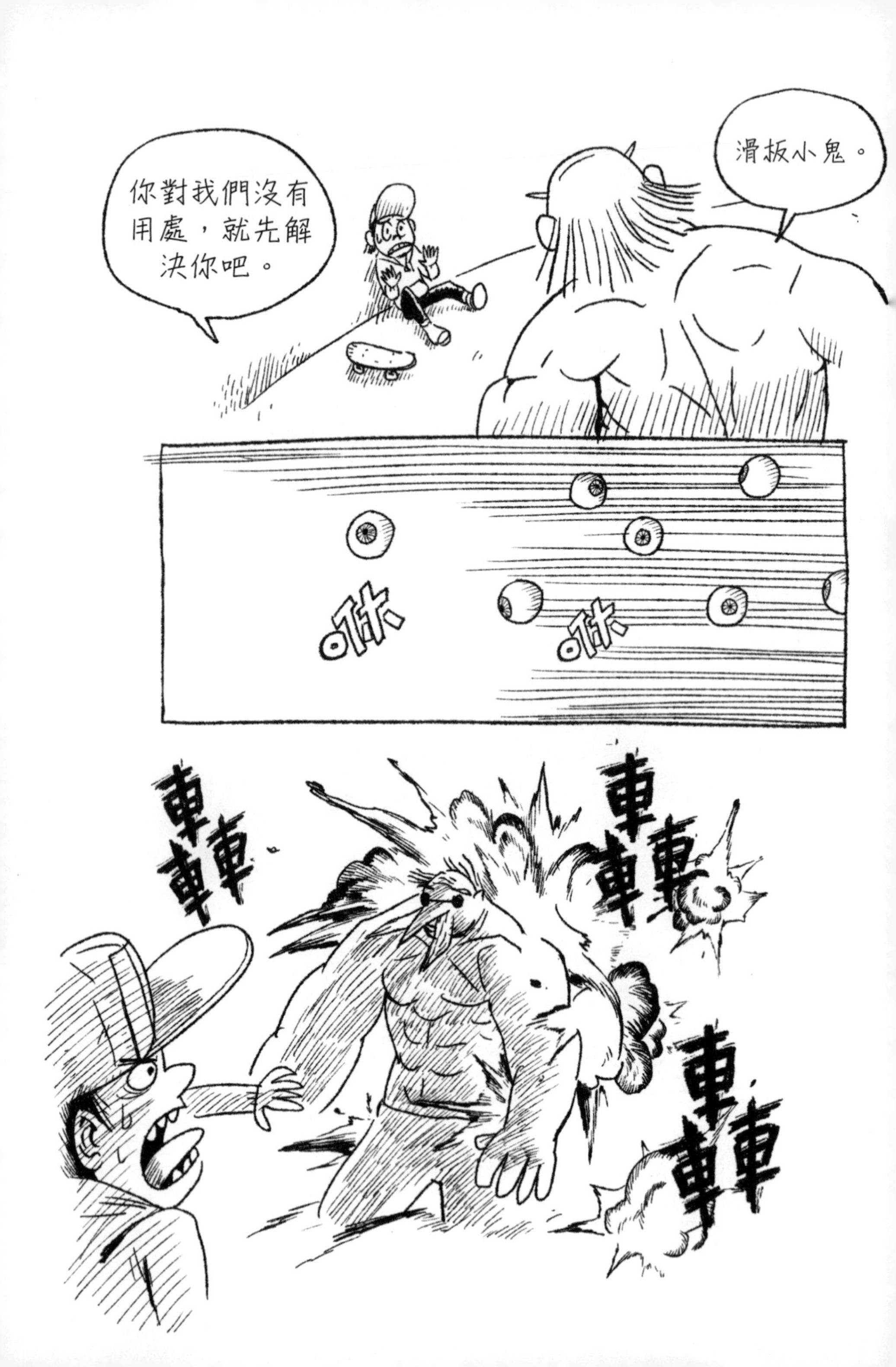
滑板小鬼。
你對我們沒有用處，就先解決你吧。
咻
咻
轟轟
轟轟
轟轟

乾癟老頭子！
你膽敢碰他
一根汗毛！
我絕不會放
過你，骯髒
的COSMO！
!!

「回收」？回收什麼？那是什麼意思？COSMO 和媽媽有什麼關係？難道在上一次任務結下了什麼梁子？

哇啊啊啊！

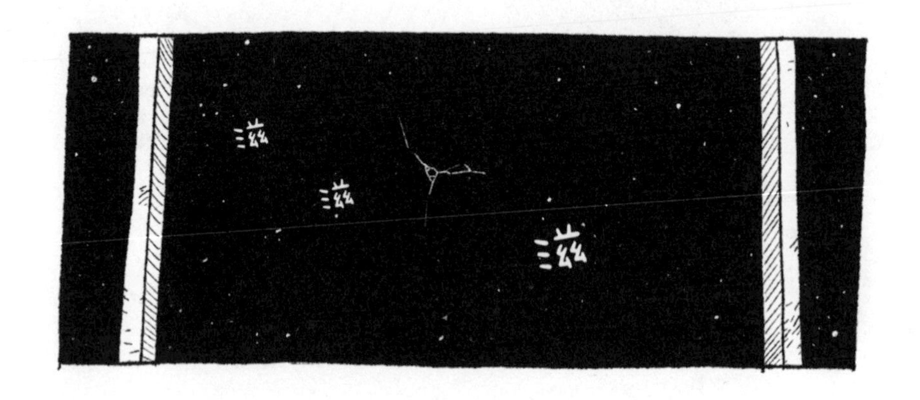

在馬卡林會長的親身測試下，大樓厚實的防彈玻璃出現了些許裂痕，雖然只是非常非常細微的痕跡。

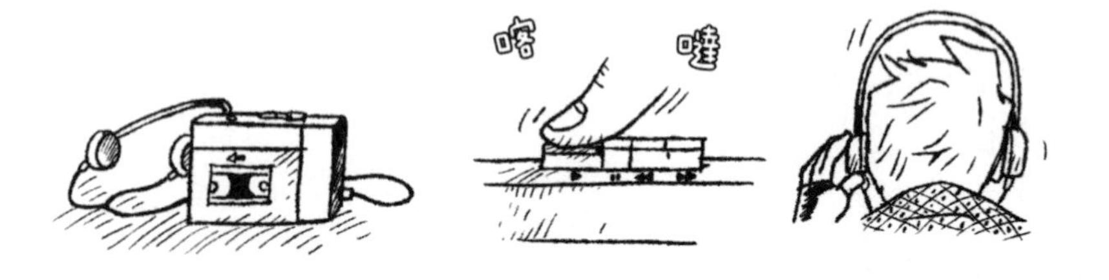

就在此時，無線電傳出了微弱的音樂旋律。

這個音樂！
天狼星K！
哼～哼～
天狼星

哥哥！
就是現在！

天狼星K來了。

收到！紫羅蘭！
扣扳機

Beat it! Beat it!

碎
裂
鏘
呃啊

天狼星K用狙擊步槍瞄準了厚實防彈玻璃的細微裂縫，接著整塊玻璃都碎了。

換句話說，我們有了逃生出口。

作戰代號「健康廚房」結束！
小藍探員！現在就是機會！
快點！
什……什麼？打算落跑？門都沒有！
咬牙切齒
握住

走吧!!!!
按下

喀
嗟

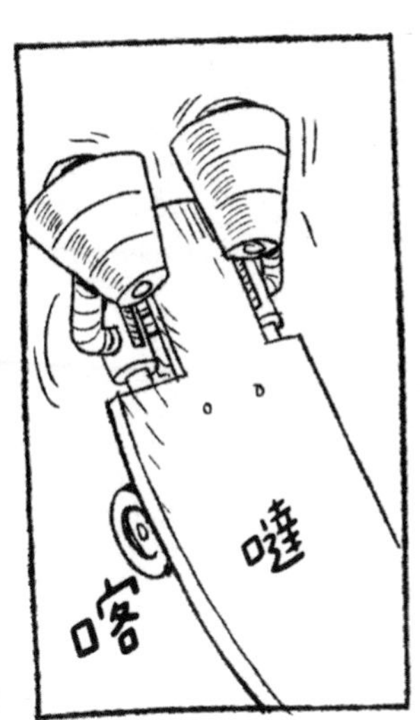
嗟
喀

喀
嗟

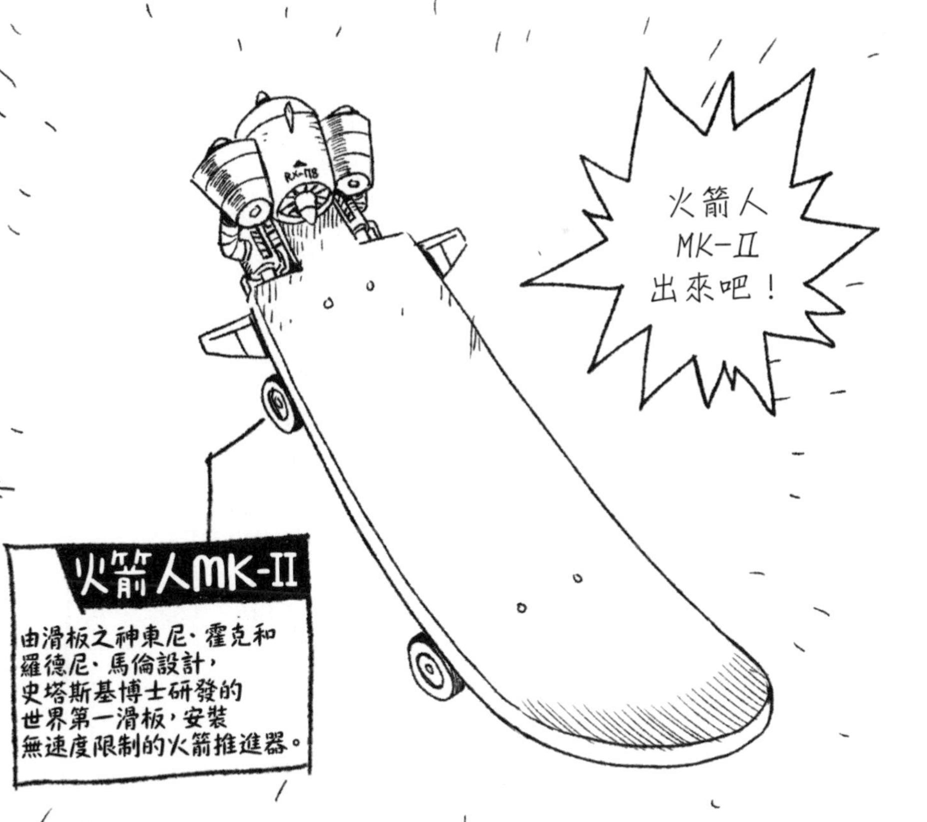
火箭人
MK-II
出來吧！
火箭人MK-II
由滑板之神東尼‧霍克和
羅德尼‧馬倫設計，
史塔斯基博士研發的
世界第一滑板，安裝
無速度限制的火箭推進器。

我們在料理大賽取得冠軍，成功完成任務，而且也順利脫逃了。一切都如此無懈可擊，只不過少了紫羅蘭的吉他旋律，感覺有點空虛而已，哈哈哈！

啟動推進器
!!
嗚
嗚

TOP SECRET
機密代號
V

結束了？真的嗎？

姜小藍和 COSMO 的真正決戰即將到來……

作者的話

各位親愛的情報員，大家好，我是帶著《機密任務 3：代號 V，用愛的料理決戰吧！》再次歸來的 Mr. K。

距離中文版《機密任務 1》問世已經過了十二個月左右，大家都很健康、頭好壯壯吧？我呢，一直過著非常忙碌的生活，要同時創作繪本和讀本故事，而且最重要的，是要為《機密任務 3》創作故事與插畫，簡直忙得焦頭爛額。我之前照鏡子，赫然發現自己少了好多頭髮，也冒出了不少白色髮絲；就連體重也像小胖一樣直線上升，身體變得圓滾滾的。不過，一想到像「機密任務」系列這麼龐大的作業，大概是「這輩子最後一次！」，因此創作時還是抱持著很愉快的心情。我也想告訴大家，之前舉辦演講或簽名會時，聽到各位讀者為我加油打氣，也為我帶來了滿滿的活力。

好，讓我們回到《機密任務 3》的故事。各位都知道，「V」是紫羅蘭的機密代號，所以這次故事的主角是紫羅蘭。《機密任務 3》寫的是前兩冊沒有提及、關於紫羅蘭不為人知的祕密，也是與下一集故事連結的鑰匙。包括不知其真面目的龐大組織 COSMO、MSG 情報局的內部奸細、馬卡林大樓內的巨大機器人、到黑貓豆豆及貌似豆豆的主人且身分不明的小女生，《機密任務 3》充滿了神祕的故事。為了維持過去諜報、特務故事題材的架構，同時加入荒誕的笑料，我真是卯足了全力，因為我所創造的搞笑元素，是「機密任務」系列不可或缺的部分，哈哈哈！

如果要選出《機密任務 3》中最令人興致盎然的部分，當然是機密任務系列中持續出現的「小藍與媽媽之間的關係」。要讓小藍與同年齡的少女媽媽一起執行任務，同時在各種狀況中成為互相依靠的同事與夥伴並不容易；但另一方面也要讓你們閱讀過程很享受，又要描繪小藍領悟到媽媽有多愛自己、逐步成長的過程，同樣樂趣無窮，我打算在往後創作時多加著墨這些部分。

好的，各位探員，小藍會如何把紫羅蘭拯救出來呢？接下來的故事，還請大家拭目以待。偷偷告訴你們，只要留心觀察每一集的機密任務故事，就能輕易猜出下一本的書名。

期待不久後能與更加成熟的各位探員和情報員見面。

讓我們以更加頭好壯壯的樣貌再見吧，Bye！

機密代號「Mr. K」

《機密任務》Ms. AI 在臺訓練祕笈大公開

文／黃愛真（臺南市智慧森林兒童閱讀文化學會理事長），代號 Ms. AI

各位親愛的探員大家好，我是被決定「機密任務」系列命運的重要人士找來，協助 MSG 和臺灣的大朋友、小朋友間聯繫，以及祕密籌備訓練臺灣 MSG 探員的 Ms. AI。（你可以用英文唸唸這二個字，它的意思和書名有一點關係喔。）

話說回來，這個訓練項目的對象包括大人和小孩，有興趣的「人」（如果你家的貓狗或其他寵物也會說「人話」的話），都歡迎加入我們的行列。

祕密訓練一：拆解這本書好笑的祕密

「機密任務」系列故事中，作者在主故事情節「母子檔特務一起出任務」外，還安排了許多幽默的情節，增加故事的趣味性。想要知道這本書有趣的地方，就像抽疊疊樂一樣，但記得不能讓疊疊樂倒塌喔！

首先，在料理比賽中，少林寺廚房出身的佩龍廚師推出作品「佛心伯仲寺」，他的手藝出色，蔬菜香脆爽口，還有蘿蔔雕刻也非常完美，然而正當我們深深投入評審講評的故事情節時，評審冷不防說了兩句：「做菜用鐵沙掌」、「你上完廁所後沒洗手。」在故事中，插入一個和主要故事無關的旁枝末節，故事看似被岔開，卻甚至比主要故事更引人注目，而且很好笑。此外，作者也會透過一些諧音，讓讀者產生閱讀樂趣，像是「馬卡林」會長的名字和「乳瑪琳」、「馬卡龍」類似。這種後現代的寫作手法，也是讓故事變得搞笑的方式之一，你可以試著找一找故事中還有哪些有趣的情節，不過記得會考作文別這樣寫，否則你可能會被你家的「轟炸機」轟炸。

祕密訓練二：建立獨立閱讀的機會

「這本書圖畫很多，很像加長版的漫畫與圖畫書，需要和大人共讀嗎？」這個問題讓 Ms. AI 想了半天。不過，這個故事連 Ms. AI 自己讀了都覺得非常好笑，因此建議你在自己讀完一章後，邀請大人一起試著用「演」的，把故事演出來。書中有很多對話框，可以邀請家人一人扮演一個角色，還可以請他們分享故事中想說的是什麼。不過，偷偷告訴你，演戲其實是一個逃脫大人的方法，因為當你說：「我們來演戲吧！」，大人通常就會自己找理由離開了，這樣正好可以把握機會自行閱讀，放心享受這本幽默有趣的故事，不必再躲起來偷笑。

祕密訓練三：和媽媽一起做料理

你曾和媽媽一起揉過湯圓或者做水餃嗎？如果有，那麼你已經會了，只要多練習就可以。

不過 Ms. AI 要提供一個更酷的訓練方法。還記得故事裡紫羅蘭探員為了做料理，跑去找《機密任務 1》中出現過的海怪，切一隻章魚觸角回來的情節吧？（好好唸現代物理，就可以知道紫羅蘭從第三集回到第一集故事的原子穿越方法。或者簡單一點，買書就可以了！）我們也來試試進階訓練：在媽媽買魚的時候，記得請老闆不要去除魚內臟。回家後，先準備好魚類圖鑑，在大人把魚下鍋前，請他們看你怎麼解剖魚，就像紫羅蘭支解章魚腳一樣。記得把魚的內臟和圖鑑對照一下，說給大人聽，然後再下鍋。用刀解剖的時候要小心，也可以請大人協助。記得觀察魚類血液的顏色以及內臟構造等，看看是否跟人類的一樣。

完成這三個任務後，請為自己取一個英文字母代號，然後恭喜你，這樣完成臺灣 MSG 初級探員訓練！是不是還會期待下一集的《機密任務》訓練呢？記得要一直關注出版社和 MSG 的動態喔！

精彩刺激的機密任務閱讀解謎趣

文／宋曉婷（教育部閱讀推手、慈文國小教師）

如果你是十歲左右的小讀者，在圖書館經常找不到有趣、好看的書籍，想看漫畫又怕被責罵，長篇文字小說又讓你覺得閱讀有些壓力，那麼你真該看看這本書！它看起來好像漫畫，但其實是個圖文小說故事，內容精彩有趣，保證讓你輕鬆讀完一整本。你還可以嘗試跟著主角一起穿越時空，來一場諜報探險！

故事裡的 11 歲主角小藍，竟然穿越時空回到了三十年前的過去，瞬間成為世界最大的情報局裡的情報員！而且這個什麼情報員技巧、能力都沒有的小藍，居然跟很厲害的情報員紫羅蘭搭擋，怎麼看都覺得很奇怪吧？在小藍帶著「這個紫羅蘭情報員是我的媽媽」的想法，展開這次的新任務——解開馬卡林會長之謎！小藍帶著被配給的貼身武器出發挑戰新任務，新任務卻是「料理大賽」！完全不會料理的小藍和還不會料理的媽媽組隊，究竟會發生什麼事情呢？

頓時廚房變身成為戰場，幸好團隊合作帶給小藍強大的後盾——聽著比吉斯的音樂就能隨節奏學會切菜了；紫羅蘭老媽探員用龍捲風戰技去除肉的雜質，瞬間完成燉排骨這道料理，拿下了第一回合的過關資格！接著，小藍用滑板抵擋對手的魚丸攻擊，還莫名其妙把廚房變成乒乓球大賽現場……更別提小藍在第三回合獨自一人面對困境：紫羅蘭還沒取回食材，留在場上的小藍卻要想辦法做出料理來拼下一關，並設法把馬卡林會長留在會場中。究竟小藍準備端出的「我記得媽媽做的食物」能不能闖過第三關？一個人在大海裡孤軍奮戰的紫羅蘭，是否能帶回最新鮮的食材？這些刺激的情節，一關接著一關，真的會讓人忍不住一口氣讀完！

同時間，另一組探員進到馬卡林會長辦公室，卻從保險箱裡意外發現一本機密文件和一張照片，這究竟代表什麼意思？小藍和紫羅蘭情報員究竟能否逃出敵人的魔掌？請小讀者們一邊讀文字，一邊看圖片，因為這本故事的線索不只是在文字裡，有時候你能在關鍵圖案中找到你要的線索喔！在閱讀的過程中，你可以從圖案與文字線索裡蒐集有用的訊息後，在腦中畫出你讀到的情節重點分鏡圖，陪著小藍一起解決難題，相信這個閱讀解謎的過程能帶給你很多的樂趣。你也可以邊讀故事，邊試試下面的延伸活動喔！

活動一：愛上老媽家傳料理四格漫畫創作

故事裡出現的泡麵是主角姜小藍的決勝料理，也是老媽的精典好味道。屬於你們家的經典好味道又是什麼呢？利用四格漫畫的形式，畫出自己家裡的好吃家傳料理吧。

活動二：加入我的戰隊吧！

邀請家人或同學與自己一起成立戰隊，以自己最愛的休閒活動為主軸並為它取名、裝扮，並討論一個可以分工合作的任務，一起完成它吧！

活動三：愛吃鬼挺身而出

選個讀完書的午後時光，與家人一起討論並料理最愛吃的一道菜，料理時，可以記錄料理步驟，寫下簡單文字說明，也可以拍照上傳到網路社群，與大家分享這一道料理。

活動四：情節預測

馬卡林會長和紫羅蘭探員之間究竟有什麼關聯？在這集故事的最後，紫羅蘭被抓了之後會發生什麼事？根據作者留下的伏筆，請試著猜測接下來的情節，可以和同學一起討論，或是用編寫故事的方式嘗試寫一篇短故事。

圖文閱讀讓思考、觀覽，協調無間

文／許建崑（中華民國兒童文學學會理事長）

我們常常聽人說左腦管文字表達、邏輯等功能，而右腦掌理圖像辨識、創造力，但事實上，人類最早以語言、圖畫來傳達意念，等到文字發明以後，傳導與記錄的工作，得到了絕佳的進步。圖像的繪製與傳輸竟與文字一樣便捷，而且直接訴諸於我們的視覺、聽覺。

繪本、動漫以及影視媒體的興起，改變了我們「閱讀」的方式。以前作家們在熒熒孤燈下，把個人想像的故事轉化為文字；而讀者透過閱讀，在腦中把文字再轉譯為「圖像」，來探觸作者刻畫的世界。這樣的分享過程，受限於讀者的人生閱歷，難免與作者的「原創」有了不同程度的差距。但現在創作工具便利，作家可以使用文字、漫畫，或甚至加入模仿音效、影視的構圖技巧，把自己想要表達的訊息，直接重新組裝，呈現出自己獨特的敘事方式，故事不再只是單純的文字敘述，而是像滾雪球一般，在作家接受了國際文化、多媒訊息、表意方式後，將其混合交疊在新創的「文本」當中，使文字與圖像同時共舞，以圖像小說之姿呈獻給讀者，而作者與讀者的互動也因此大增。

就以《機密任務 3》為例，如果抽離圖像，姜小藍與紫羅蘭的祕密任務變成了「不正經」的推理諜報小說，說服力不免減弱；要是放棄文字敘述的軸線，漫畫所能呈現的故事內容，又會大大縮水。

正因為文字與圖像共舞，MSG 局長與祕書小姐以鬥牛犬、貴賓狗的造型，毫無違拗的出現在畫面中；參賽的廚師可以來自世界各地，甚至連俄羅斯酷愛鮭魚的棕熊也可以參賽，通通在料理大賽上各憑本事，貢獻各國美食。本來是烹飪大賽，卻變成了「乒乓」、「搏擊」賽事，參賽者拿著食材當作武器，相互較量，中間還加入食材追著廚師跑、廚師得穿越回前面集數的場景找尋食材，想像力十足。作者為了調合故事節奏，加入四格漫畫，使段落分明。這些都是「文字」無法處理的情節！

揶揄的語調在推理、犯罪小說是不常見的，然而本書作者卻可以在情節中嘲弄紫羅蘭的服裝造型；連「照本宣科」的姜小藍，竟把《機密任務》這本書拿來當食材料理練習，裡頭還真是有各種出人意外的笑點！而有些看似無厘頭的圖像，如打開保險箱發現了「活貓」，竟暗藏著與奧地利物理學家薛丁格冷僻量子力學的對話。

此外，與國際影視作品的「互文」，橫亙了全書。不時可以看見周星馳主演《食神》的影子；還有史恩康納萊與凱瑟琳麗塔瓊斯合演的《將計就計》，拋射繩索穿越大樓，以及跨越紅外線的警衛設施，是作者對經典影片的致敬。其他還有《化學博士》、《綠巨人浩克》、《海底兩萬浬》、《烏龍院》等等，都是我們腦海中共同的「影像」。

不過，我對這部作品安排姜小藍穿越時空三十年，與年輕時代的母親紫羅蘭並肩辦案，有強烈的偏愛。畢竟媽媽曾經是孩子，也嘗試過冒險的想像，如果孩子到媽媽的世界，或者媽媽也來孩子的世界，不曉得這是不是世界上最快樂的事呢？

樂讀456 083

機密任務 3：代號 V，用愛的料理決戰吧！

作者｜姜景琇
譯者｜簡郁璇
責任編輯｜楊琇珊
特約編輯｜陳玫君
電腦排版｜中原造像股份有限公司
封面設計｜楊中豪
行銷企劃｜葉怡伶

天下雜誌群創辦人｜殷允芃
董事長兼執行長｜何琦瑜
兒童產品事業群
副總經理｜林彥傑
總監｜林欣靜
版權專員｜何晨瑋、黃微真

出版者｜親子天下股份有限公司
地址｜台北市 104 建國北路一段 96 號 4 樓
電話｜（02）2509-2800 傳真｜（02）2509-2462
網址｜ www.parenting.com.tw
讀者服務專線｜（02）2662-0332 週一～週五：09:00~17:30
讀者服務傳真｜（02）2662-6048
客服信箱｜ bill@ cw.com.tw
製版印刷｜中原造像股份有限公司
法律顧問｜台英國際商務法律事務所．羅明通律師
總經銷｜大和圖書有限公司 電話：（02）8990-2588

出版日期｜2022年2月第一版第一次印行
定價｜330元
書號｜BKKCJ083P
ISBN｜978-626-305-152-2（平裝）

訂購服務
親子天下 Shopping｜shopping.parenting.com.tw
海外・大量訂購｜parenting@cw.com.tw
書香花園｜台北市建國北路二段6巷11號 電話（02）2506-1635
劃撥帳號｜50331356親子天下股份有限公司

國家圖書館出版品預行編目資料

機密任務3：代號V，用愛的料理決戰吧！／姜景琇著；簡郁璇譯. -- 第一版. -- 臺北市：親子天下股份有限公司, 2022.02
320面；14.8×21公分. --（樂讀456系列；83）
ISBN 978-626-305-152-2（平裝）

862.596 110021774

情報員的世界
將在各位面前展開！

熱狗村
隨時隨地輕鬆吃飽

是我！